「い、いただきます」
壁役など不要と追放されたS級冒険者、《奴隷解放》スキルを駆使して史上最強の国造り 2

モニカ
アレックスを追いかけて
やってきた、凄腕のマジッ
クナイト。
リディア
《奴隷解放》によって解放
された、精霊魔法使いの
エルフの少女。
先ずは皆でお風呂へ……

エリー
アレックスと同じパーティに所属していた、アークウィザードの少女。
ノーラ
《奴隷解放》によって解放された、大工能力に優れた獣人の少女。
ニナ
《奴隷解放》によって解放された、高い鍛冶能力を持つドワーフの少女。

「あ、あの……どうぞ」
先程はリディアから不意打ちでされたけど、
今度はキスをすると宣言している。
正直言ってかなり恥ずかしいのだが、
それはリディアも同じようで、
エルフ特有の尖った耳の先まで
真っ赤に染まっている。

壁役など不要と追放されたS級冒険者、《奴隷解放》スキルを駆使して史上最強の国造り

2

向原行人 ill. 珈琲猫

口絵・本文イラスト
珈琲猫

装丁
coil

contents

プロローグ　第四魔族領を解放したアレックス

「お……見てくれ、リディア。この大きなポテトを。よく育っているよな」

「良いですね。今日の昼食はシチューにしましょうか。ニナさんが深手のお鍋《なべ》を作ってくれたので、調理の幅が広がって嬉《うれ》しいです」

「えへへー。調理器具や、広いお風呂《ふろ》も作ったし、次は何を作るー？」

小屋の裏手にある畑で、リディアやニナたちと食材を採りながら雑談していると、その様子を見ていたエリーが口を尖《とが》らせる。

「アレックス。食料の確保も大切だけど、貴方《あなた》はこの第四魔族領を魔王から任されていた、四天王の一人を倒したんだからね？　これから、また別の魔族とか悪魔とかが攻めて来るかもしれないのは、わかってる？」

「あぁ、もちろんだ。《奴隷《どれい》解放》スキルでやって来たリディアとニナに、転送魔法で俺の仕事を手伝いに来てくれた幼馴染《おさななじみ》のエリーを危険な目に遭わせるつもりは毛頭ない」

俺が神様から与えられた奴隷解放というエクストラスキルで、七日毎《ごと》に世界中の何処《どこ》かに居る奴隷にされてしまっている人を、ここへ召喚する事で助け出す事が出来る。

その奴隷解放スキルで、せっかく奴隷から解放されたというのに、この場所が魔族に攻撃されて住めるような場所ではない……なんて事には出来ないからな。

「あの土の四天王と同じくらいに強い魔族が攻めてくるかもしれないので……もっと守りを強化しないといけないかもですね」

「じゃあ、ニナは武器や防具を作った方が良いのかなー？　また地下に潜って、鉄を採掘してこようかー」

皆で力を合わせ、何とか倒した土の四天王との戦いを思い出したのか、リディアが身体《からだ》を小さく震わせながら、両腕で自身の身体を抱きしめる。

元は冒険者ギルドの依頼で、この不毛の大地である魔族領を開拓しに来たのだが、皆が快適に暮らせるようにと、この地で頑張って来た。

魔族から開拓した土地を守る為《ため》にも、土の四天王を倒して得た、魔物を食べる事によって強くなれるエクストラスキルで強くならなくては。

「アレックス。さっきから難しそうな顔をしているけど、考えは纏《まと》まったの？」

「あぁ。あのエクストラスキルは、《捕食》と呼ぶ事にするよ」

「え？　何の話？」

「それから、エリーが言ってくれた通り、魔族が攻めて来る可能性があるから、まずは地下洞窟《どうくつ》で魔物を捕らえ、《捕食》スキルで強くなる。それと、リディアやニナを故郷へ帰してあげられるように、街があるという南に向かって開拓だな」

「そうね。リディアさんたちを早く家に帰してあげて、あとは私とアレックスで、二人きりの生活を……こ、こほん。まぁそんな感じね」

何故かエリーが赤面しているが、それはさておき、街へ辿《たど》り着《つ》く事が出来れば、二人が家族の許《もと》へ帰る日も、ぐっと近づくはずだからな。

「エリーさん。私としては、家に帰る事も大切ですが、命の恩人であるアレックスさんと一緒に居る事も大切なんですけど」

「ニナもー！　お兄さんに助けてもらったし、暫《しばら》く一緒に暮らしているし、もう家族みたいなものだから、離れるなんてヤダー！」

「ぐっ……だ、だけど、ここは魔族領よ？　どこの国にも属さない、魔族に支配された土地だし、帰れるなら帰った方が良いわよね？」

まぁ俺もエリーと同意見で、帰れるなら帰った方が良いと思う。

長年奴隷にされていた訳だし、家族も心配していると思うんだよな。

「あ、それなら、ここに新しい国を造ってしまえば良いのでは？　その支配していた魔族を倒したのはアレックスさんですし」

「えぇっ!?　いや、国を造るなんて話が大き過ぎないか？」

「大丈夫ですよ。ほら、神獣であるシェイリーさんも居ますし」

シェイリーは、昔魔王と戦ったという、青龍《せいりゅう》という神獣で、凄《すご》い力を持っている。

だが、今は力が封じられており、力を回復させる為に酒が欲しいと言っていたな。

「……って、国を造る事とシェイリーは関係ない気がするんだが」

「そんな事はありません。ほら、国を造るのには神様というか、神話とかがあると良いと思うんですよ。魔族領で土の四天王を倒し、神獣シェイリーを助けたアレックスが建国王である……みたいな感じで」

「いや、俺の意志を無視して神話を作ろうとしないで欲しいんだが」

「ですが、所有者が居ない、広い土地を放置していても、周辺国の争いの種になりますよね？　という訳で、アレックスさんがここに国を造ると、そういった争いを回避する事にも繋《つな》がると思うんですよ」

俺としては、かえって争いの種になりそうな気がしてしまう。

とはいえ、冒険者ギルドのタバサによると、開拓した土地は報酬としてもらえるとのことだった。

……いやいや、だからと言って国を造るというのは話が違うな。

「まったく。エリーからもリディアに何か言ってやってくれないか？」

「国造り……良いわね。悪くないかも」

「いやいや、良くないから。俺は王だなんて器ではないよ。聖騎士――パラディンとして、周りに居る者たちを守りたいだけなんだ」

「大丈夫。アレックスなら、王様にだってなれるわよ。……という訳で、まずはアレックスに強くなってもらう為に、魔物料理作りね」

「えぇ……」

皆を守る為に強くなるというのは賛成だが、どうして国を造るという話になってしまったのだろうか。

第一話　仲間たちを守る為のスローライフ

「さて……早速、地下洞窟の探索を行おうか」

先日シェイリーを助け、捕食というエクストラスキルで、俺は魔物を食べると強くなれるという事を知った。

なので、今日からエリーたち三人を連れて地下洞窟へ向かい、様々な魔物の肉を持ち帰る事に。

魔物の肉を食べ、四天王クラスの魔族が部下を連れて襲って来たとしても、負けないくらいに強くならないとな。

早速地下洞窟へ入ると、まずは神聖魔法で明かりを灯《とも》して周囲を見渡し、グリーン・スコーピオンを見つけた。

「任せて！　《ファイアーストーム》」

「あーっ！　エリー、大きな炎でサソリを一気に倒しちゃったら、お兄さんが炭を食べる事になっちゃうよー！」

エリーがすぐに炎の魔法で殲滅《せんめつ》してくれたのだが、それに対してニナが口を尖らせる。

だが仮に炭になっていなかったとしても、いくら強くなる為とはいえ、どう見ても、食べられる見た目をしていないサソリを食べるのは厳しくないだろうか。

俺としては、この魔族領へ来てから、夕食などで普通に食べていたアサシン・ラビットのような、動物系の肉が嬉しいのだが。

……いや、違う。好き嫌いを言っている場合ではなく、これは皆を守る為なんだ。見た目や種族にこだわらず、食べ……うん。覚悟を決めて食べよう。

若干の葛藤《かっとう》はあったものの、炭と化したグリーン・スコーピオンを麻の袋へ入れようとして、エリーが待ったをかける。

「待って。ニナちゃん？　まさかアレックスに、サソリを食べさせる気なの？」

「んー、食べるというか、飲む……なのかな？　ドワーフというか、ニナのパパは、お酒にサソリを漬けて飲んでたよ？　……ニナは飲んだ事ないけど」

「そ、そうなんだ。アサシン・ラビットのお肉の一片で、アレックスの《捕食》スキルが発動していたみたいだし、そういう摂取でも大丈夫なのかな？」

なるほど。

エリーとニナの会話から、捕食スキルに対するハードルが大きく下がった。

正直言って、サソリを食べろというのは中々辛《つら》い物があったが、サソリを漬けておいた何かを飲むというのであれば、まだ何とか頑張れそうな気がする。

とはいえ、その方法でエクストラスキルが発動するかどうかは分からないし、サソリを食べる事で三人が守れるのなら安いものなので、火を通してかじるくらいなら挑戦しようと思うが。

そんな事を考えていると、何かを発見したニナが声を上げる。

「見て、お兄さん！　アイアン・スコーピオンだよ！　アレを食べたら、更に防御力が上がりそうだよねっ！」

「……流石《さすが》に鉄は食べられないから、ニナのお父さんが飲んでいるっていう、お酒に漬ける方法にしようか」

歯は丈夫な方だが、いくらなんでも鉱物は食べられないな。

あっという間に前言撤回で、サソリはとりあえず酒に漬ける事にした。

今度、冒険者ギルドからの定期連絡の際に、タバサへ依頼して酒を多めに送ってもらおう。

必要な分以外は、シェイリーの回復の為に使う事も出来るからな。

「これなら良いでしょ？《ミドル・フリーズ》」

エリーが氷結魔法を放ち、一抱え程の氷の塊の中にアイアン・スコーピオンが閉じ込められる。

氷の塊ごと麻袋に入れた所で、再びグリーン・スコーピオンが群れで現れた。

「はっ！」

毒にさえ気を付ければ、特に強い魔物でもないので、群れの一体を剣で真っ二つに斬ると、動かなくなったサソリも麻袋へ。

シェイリー曰《いわ》く、俺の捕食スキルは同じ種類の魔物を食べても効果が無いという話なので、他のグリーン・スコーピオンはエリーに魔法で殲滅してもらう。

それから暫く、俺が灯した明かりに集まって来る魔物を倒していたのだが、大半がグリーン・スコーピオンばかりで、時々アイアン・スコーピオンやアサシン・ラビットが現れるだけだった。

「魔物にも縄張りだとか、好みの場所があるから、この辺りには同じ種類の魔物しか現れないようだな。少し場所を変えてみるか」

「あっちはシェイリーさんの社がある方角よね。まだ行った事が無い、左側へ行ってみましょう」

エリーの提案で、出入口から見て左手に当たる空間へ行ってみる。

少し進んでみると、青いトカゲの魔物――ブルー・リザードが居たので、早速斬ってみたのだが、

「くっ、逃げられたか」

尻尾《しっぽ》を残して奥へと走り去って行った。

「尻尾しかないけど、これでも《捕食》スキルは発動する……よな？」

「何とも言えませんが、食べてみたらハッキリするかと」

リディアの言葉で、それもそうかと思い、麻袋の中へ。

その後は、同じサソリの魔物ばかりが現れるので、一旦《いったん》戻る事に。

ただ、今回は地下洞窟の入り口近くの魔物を中心に狩ったが、奥まで行って新たな魔物を探すとなると、行って戻って来るだけで時間がかかってしまうな。

そんな事を考えながら、地上の小屋へと戻って来た。

「リディア。サソリやトカゲの調理方法なんて知っていたりするのか？」

「すみません。そういうのは調理をした事がなくて……」

リディアが申し訳なさそうにしているけれど、これは知らなくて当然だと思うから、気にしないで欲しい。

その事をリディアに伝え、同じ事を一応エリーにも聞いてみる。

「エリーはどうだ？」

「ごめんね。私もそんな調理方法は知らないかな」

「だよなぁ」

とりあえず、グリーン・スコーピオンはよく焼いて食べてみるが、アイアン・スコーピオンは、ニナの言う通り酒に漬けるのが良いのだろう。

とはいえ、俺は酒を飲まないので、詳しくないんだよな。

「ニナ。サソリを漬けると言ったら、きっと蒸留酒だよな？　葡萄《ぶどう》酒に何かを漬けたりはしないだろうし」

「うーん。ニナもパパが飲んでいるのを見た事があるだけで、お酒の種類までは分からないよー」

俺としては、水やお茶の方が良いのだが、きっと何かしらの、酒である必要性があるのだろう。

ただ、この魔族領に酒なんてものは無いので、今すぐ作る事は出来ないが。

「エリー。タバサに酒を送って貰《もら》うまでの間、このサソリを保管しておきたいんだけど、緑の方も凍らせてもらって良いか？」

「もちろん、任せてっ！」

ひとまずエリーに、グリーン・スコーピオンを氷結魔法で凍らせてもらった。

さて、この凍らせた魔物は何処《どこ》に置いておこうか。

「アレックスさん。土に穴を掘って、その凍らせたサソリを保管しておいては如何《いかが》でしょうか。そうすれば、涼しい土の中で長期間保存可能かと」

「なるほど。よし、是非頼むよ」

リディアからの提案を早速採用し、小屋の外へ。

「では、アレックスさん。手をお願い致します」

リディアが俺の手を握ってきたので、魔力を分けるシェア・マジックのスキルを使おうと思ったのだが、エリーから待ったがかかる。

「ちょっと待って！　穴を掘るだけなのにアレックスから魔力を分けてもらうの⁉　幾らなんでも、それくらいで魔力枯渇になったりしないでしょ！」

「残念ながら、私の精霊魔法は魔力の消耗が激しいのです。エリーさんの攻撃魔法は、消費魔力が少なそうで、ホント羨《うらや》ましい限りです」

「絶対、そんな事を思ってないでしょ！　言葉と表情が合ってないもん！」

「アレックスさん。エリーさんが怖いですぅ」

そう言って、怯《おび》えた表情のリディアが振り向き、涙目で俺を見つめてくる。

一方で、俺とリディアを見るエリーは、怒っ……え、笑顔になった？

若干エリーの顔が引きつっている気もするが、二人は何を張り合っているのだろうか。

リディアに精霊魔法で土に穴を開けてもらい、昨日《きのう》シェイリーが生やしてくれた木を使って、簡易な蓋《ふた》をする。サソリの保管はこれで良いだろう。

「次は、このトカゲだが……尻尾だけなんだよな」

「そうですね。炙《あぶ》ってみるのが良いのではないかと」

「私としては、しっかり中まで熱を通す為《ため》に、カラッと揚げてみるのが良いかなーって思うけど」

リディアの炙ると、エリーの揚げる……俺としては、普通に食べられるのなら、どちらでも構わないのだが、またもや二人が張り合い始めてしまった。

「炙る事で表面をパリッとさせて、中はジューシーにすると、アレックスさんに美味《おい》しいトカゲの尻尾を召し上がっていただけると思います」

「いいえ。しっかり衣をつけたトカゲの尻尾を高温で揚げる事によって、肉の旨味《うまみ》を中に閉じ込めるべきよ」

リディアもエリーも料理好きだから、調理方法へのこだわりが強いようだが……ここで料理が出来ない俺が下手《へた》に口を出すと、二人共怒りだしそうだな。

そう考えてあえて黙っていると、ニナが口を開く。

「ねー。このトカゲの尻尾を刻んでスープとかに入れたら良いんじゃないかなー？　そうすれば皆食べられるよー？」

「……あ、私は別に食べなくても良いですよ？」

「私も。トカゲはちょっと……」

……って、二人共食べたくなかったのか。

いやまぁアサシン・ラビットを倒せば兎《うさぎ》の肉が手に入るし、野菜や果物はリディアが植えてくれているし、わざわざ未知のトカゲを食べる必要なんてないけどさ。

「そうなの？　トカゲ、美味しいよー？　ドワーフは普通に食べるんだけどなー」

「ではニナさんの仰《おつしや》る通り、スープにしましょう」

「そ、そうね。アレックスもニナちゃんも、二人共食べられるしね」

突然、リディアとエリーの意見が一致し、テキパキとスープ作りが進められていく。

リディアが精霊魔法で水を入れた鍋《なべ》を火にかけ、エリーが切った根菜を鍋に入れる。

一方の俺は、魔物を食べる上で必ずやっておかなければならない事をする事に。

「《ピュリフィケーション》」

神聖魔法でブルー・リザードの尻尾を浄化したので、少なくともこれを食べて死ぬ事はないだろう。

それから、リディアとエリーが調味料を使って味付けし、黄金色のスープが出来上がっていく。

「じゃあ仕上げに、刻んだ青いトカゲの尻尾を……えいっ」

「……暫《しばら》く煮込めば良いのかしら？」

「アレックスさんの《捕食》スキルの発動条件が正しく把握出来ていないので、何とも言えませんね。このスープを含め、先程漬けたサソリのお酒などを試していただかない事には……」

新たに得たばかりのスキルなので、試行錯誤して理解していく事も必要だろうと思い……ひとまず、スープが完成した。

「……ど、どうぞ。念の為、トカゲの尻尾も、アレックスさんの器に入れておきました」

「あ、あぁ。ありがとう」

器の中で、光を反射してキラキラと輝くスープの中に沈む、青色の尻尾。どうしても違和感があるが、捕食スキルで力を得て、皆を守る為だ！

「い、いただきます」

「リディアー、ニナにもスープちょうだーい！」

「え、えぇ。どうぞ」

ニナと一緒にスープを口に運び……うん。普通のスープだな。

トカゲの味……は、そもそも知らないが、変な雑味とかもないし、美味しい。

そう思った直後、ほんのり身体《からだ》が熱くなる。

「アレックスの身体が、淡く輝いたから、《捕食》スキルが発動したんじゃないかしら？」

自分自身には見えていないが、エリー曰く俺の身体が光っているらしい。

「そうか。ただ、アサシン・ラビットを食べた時と違い、あまり力を得た感じがしないんだよな」

「んー、シェイリーさんが、強い魔物を食べた方が、強い力を得るって言っていたでしょ？　アサシン・ラビットはAランクの魔物だけど、今のトカゲは弱い魔物だったんじゃない？」

「なるほど。エリーの言う通りかもしれないな。となると、もっと地下洞窟《どうくつ》の奥に行って、強い魔物を探すべきか」

ひとまず、注いでもらったスープをトカゲの尻尾を残して飲み干し、エリーと話をしていると、

「お兄さん。それ、いらないの？　じゃあ、ニナがもらうねー」

ニナが俺の器からトカゲの尻尾をつまんで、パクッと……まぁ種族が違うと食べるものも違うからな。

リディアはエルフだからか、俺やエリーが普通に食べるウサギの肉も除《よ》けようとしていたし、そういうものなのだろう。

とりあえず、軽く小休憩したら、洞窟の探索に戻ろうかという話をしていると、

「アレックスさん！　アレックスさーんっ！　居ないんですかっ!?　お願いですから、居たら返事をしてくださいよー！　アレックスさーんっ！」

小屋の中から、何やら必死な感じの声が聞こえてきた。

「今のは……タバサか？」

「扉越しだったけど、おそらくタバサさんでしょうね。とりあえず話を聞いてみましょうよ」

「わかった」

エリーに催促され、皆で小屋の中へ。

定期連絡にしては前回から期間が短いと思うし、何か緊急の連絡だろうか。


「お願いします！　アレックスさん！　緊急事態なんです！　アレックスさーんっ！」

「待たせたな、タバサ。それで、一体どうしたんだ？」

「その声は、アレックスさん！　……良かった」

冒険者ギルドから通話魔法で呼び掛けてくる、タバサの緊張した声が止まらなかったが、こちらから声を掛けると、安堵《あんど》した声に変わる。

「タバサ。何かあったのか？」

「ええ、少し。……アレックスさんが応じてくれなければ、冒険者ギルド始まって以来の大問題に発展してしまうところでしたよ」

「大問題？　とりあえず、事情を説明してくれないか？」

「ええ。ですが、その話の前に一つ確認させてください。エリーさんはいらっしゃいますか？」

緊急事態だと言っていたタバサに呼ばれたエリーが応じると、

「タバサさん、エリーです。どうされたんですか？」

「エリーさん。大変な事になってしまったんです。この後……モニカさんがそちらへ行きます」

「あー、そういう事なのね」

何がどういう話になっているのかはわからないが、モニカが魔族領へ来るという話をし始めた。

モニカはソロで活動するA級冒険者なのだが、二年程前に、あくどい冒険者に襲われていたのを助けた事がある。

それ以来、時々ギルドなどで、仲間になりたそうにこっちを見てきたのだが、話し掛けてくる訳でもないので、俺の勘違いかと思っていた。

だが、その時の恩を返したいと言って、ここへ手伝いに来ると言っているらしい。

「タバサとエリーは話が通じ合っているのか？　俺にはサッパリわからないんだが」

「以前、二人の女性がアレックスさんのお仕事に協力したいと言っている……と、お伝えしましたよね？　そのうちの一人はエリーちゃんでしたが、もう一人がモニカさんなんです」

「あぁ。だが、その頃《ころ》は二人に手伝ってもらえそうな事が無かったから、断ったんだ」

「はい。その事はモニカさんにもお伝えしているのですが、その……モニカさんはどうしてもアレックスさんのお手伝いがしたいらしく、無理矢理そちらへ行こうとしているんです！」

タバサに詳しく話を聞いてみると、突然モニカが冒険者ギルドへやって来て、「今すぐ魔族領へ送れ！　さもないと、転送装置のある部屋の鍵《かぎ》を破壊し、勝手に魔族領へ行く！」と言いだしたのだとか。

それで、タバサはモニカの暴走を止める為に、俺へ連絡したという事らしい。

「やはりよく分からないな。どうしてモニカは、ギルドから除名処分になりかねないような事をしてまで、魔族領へ行きたがっているんだ？」

モニカの行動の意図が分からず不思議に思っていると、何故かエリーが慌てだす。

「あ、アレックス。モニカさんの事より、先にタバサさんへ言っておかないといけない事があるんじゃない？　その……お、お酒の事とか！　私がタバサさんに説明しておくから、リディアさんとニナちゃんと一緒に、どれくらいの分量が要りそうか、外に置いてあるサソリを見てきて！」

「えっ⁉　お、おい、エリー⁉」

エリーが急に酒の話をし始めたかと思ったら、強引に小屋から追い出され、きっちり扉を閉められてしまった。

「……た、タバサさん！　どうしよう！　モニカさんもアレックスの事が好きみたいだし……」

「……落ち着いてください。作戦通り、この数日間でアレックスさんと既成事実を作ったのであれば、お二人の間にモニカさんが割り込む余地は無いはずです……」

「……そ、それが、まだそういう事は出来てなくて……」

小声なので中で何を話しているかは聞こえないが、何やらエリーとタバサで話をしているようなので、言われた通りにサソリを見に行き……ニナが大体の量を教えてくれたので、再び小屋の中へ。

「エリー。サソリを見てきたぞ」

「――――っ⁉　あ、ありがとう、アレックス。と、という訳で、タバサさん。えっと、蒸留酒か、葡《ぶ》萄《どう》酒を送っていただきたいんです」

「お、お酒ですね？　わ、分かりました！　すぐに手配いたしますね」

小屋の中ではエリーとタバサが酒の話をしていたのだが……どうして、焦っているのだろうか。サソリを漬ける分とシェイリーに渡す分とで、酒が必要なのは事実なのだが。

「それでは、お酒以外では……って、モニカさん⁉　入って来ちゃダメですよっ！」

「アレックス様っ！　聞こえますかっ⁉　以前に助けていただいた、マジックナイトのモニカです。アレックス様にこの身を捧《ささ》げ、全力で奉仕させていただきますので、どうかお側《そば》に置いて下さい」

慌てたタバサの声に続いて、モニカと名乗る女性の声が聞こえてきた。おそらく冒険者ギルドの通話魔法装置がある部屋に、モニカが勝手に入って話し始めたのだろう。

どうしたものかと考えていると、俺が口を開くよりも先に、エリーが話しだす。

「モニカさん、待って下さい！　こちらは貴女《あなた》が思っているような場所では無いんです。どうか考え直して下さい！」

「エリー殿。やはり抜け駆けして、アレックス様の元へ行っていたのだな。タバサ殿、私も早くアレックス様の元へ！」

「モニカさん⁉　私の話を聞いてっ！　こっちは、私だけではなくて……」

「さぁタバサ殿！　早く転送装置へっ！」

焦るエリーとは対照的に、何か諦《あきら》めたかのようなタバサの声が聞こえてくる。

「はぁ……分かりました。アレックスさん、エリーちゃん。今からモニカさんをそちらへ転送するので、よろしくお願いします」

「ちょっ……ちょっと！　タバサさんもモニカさんも話を聞いてっ！」

「ではタバサ殿。宜《よろ》しく頼む。アレックス様。今から私モニカが参りますので、少しお待ち下さい」

その直後、通話魔法からは、バタバタと慌ただしい音が聞こえだす。

「モニカさん⁉　どうしていきなり鎧《よろい》や服を脱ぐんですか⁉」

「エリー殿からアレックス様を取り返すのだ。それなりの準備は必要だろう。あと、最初のインパクトは必要だからな。相応の服装でないと」

「うわ、凄《すご》い！　大きい……じゃなくて、その格好は恥ずかしくないですか？　メイド服っぽいですけど、胸の上半分が丸見えですよ？　スカートも凄く短いですし……って、その格好でも、剣は腰に差すんですね」

「当然だ。どんな格好であろうと、剣は手放す訳にはいかない。だが、鎧は他の荷物と一緒に送ってもらいたい。……よし、準備完了だ。宜しく頼む」

一体、冒険者ギルド側で、モニカは何をしているのだろうか。

「タバサ。先程のエリーではないが、モニカが来ても……って、聞こえているのか？」

問いかけてみたものの、向こうからは何の返答も無い。

どうやら、通話魔法の効果が完全に切れてしまったようだ。

そう思った直後、小屋の中心が淡く光輝きだす。

「転送装置による、転送か。皆、部屋の端まで下がるんだ」

「もうっ！　どうしてモニカさんは話を聞かないのよっ！」

エリーが怒りを顕《あら》わにしたところで、メイドのような格好をした変なポーズのモニカが現れ、目が合う。

「やっとお会い出来ましたね！　ご主人さ……ま⁉　……え？　エリー殿が居るのは分かっていたのですが、そちらのジト目の女性と、キョトンとしている幼女は、一体誰ですか⁉」

ジト目の女性？　あー、見てみたら、リディアがモニカに冷たい目を向けているな。

「ねぇねぇ、お姉さん。胸の所、服がずれて見えちゃってるよー？」

「ニナちゃん。たぶんモニカさんは、元からそういう服を着て、見せているのよ」

「……大きければ良いというものではないのです」

ニナの無邪気な言葉と、呆《あき》れるエリー。それから、小声で何かを呟《つぶや》いたリディアを前に恥ずかしくなったのか、モニカが顔を赤らめる。

というか、そもそもどうして、そんなに露出の激しい服装で、しかもメイド服なんだ？

あと、何かご主人様とかって言った気がしたんだが……何の事だ？

「くっ……殺せーっ！」

色々と考えている内に、モニカが良く分からない事を叫びだす。

そんなモニカが、顔を紅《あか》く染めたまま咳払《せきばら》いをすると、姿勢を正して俺に向き直ったのだが、

「先《ま》ずは、私をここに置いて下さる許可をいただき、ありがとうございます」

深々と頭を下げられ……大きく開いた胸元から、再び目を逸《そ》らす事に。

「……無理矢理押しかけて来た上に、動作がわざとらしい気がするんだけど」

背後でエリーが何か言っていたけど、小さな呟きで良く聞こえなかった。

とりあえず二人の言葉は一旦《いったん》おいといて、先ずは気になった事を言っておく。

「モニカ。開拓を手伝ってくれるという気持ちはありがたいのだが、ご主人様という呼び方はどうなんだ？」

「いけませんか？　でしたら……旦那《だんな》様では？」

「ご、ご主人様で良いよ」

「ありがとうございますっ！　ご主人様。見ての通り、今の私はメイドです。ご主人様の身の回りのお世話をさせていただきますので、妻と思っていただいても良いですよ？　もちろん夜も」

モニカがそう言った瞬間、何となくだが、俺の背後に虎と龍が現れた気がする。

そして、正面のモニカは笑顔なのだが、背後に鬼が見えているような……気のせい。気のせいだよな？

「お兄さん……何だか、怖いよー」

気のせいだと思いたかったのだが、俺と同じ何かを感じたのか、ニナが怯《おび》えながらしがみ付いてきた。

うん。俺とニナは、時々変なものを同時に感じるよな。

俺も背後とモニカに異様な気配を感じるし、その感覚はきっと間違っていないと思う。

「あの、ご主人様。エリー殿の事は知っていますが、こちらのお二人は？」

「あぁ、紹介するよ。この子はニナ。ドワーフで、鉱物を加工出来るんだ。鍛冶《かじ》師というジョブだから、モニカの剣を強化してもらえるぞ」

「まぁ、それは素晴らしいですね。よろしくお願いしますね、ニナさん」

そう言って、モニカが再び頭を下げ……くっ、見てはいけないのに、視線が胸元に引き寄せられてしまうっ！

なんとか気合いと理性で目を逸らすと、次はリディアの事を紹介する。

「こ……こちらの女性はリディアだ。精霊魔法を使うエルフで、ここでの生活を助けてくれている。作物や水を生み出してくれているから、本当に助かっているんだ」

「リディアです。紹介いただいたように、飲食を始めとして、アレックスさんを最も助けていると自負しています。どうぞ、よろしくお願いいたします」

「そうなんですね。なるほど、まるで母親のような存在なのですね。では、私は色々な意味でアレックス様をサポートする、妻のような働きが出来るように努めますね。どうぞ、よろしくお願いいたします」

リディアもモニカも、共に笑顔で話し方も穏やかなのだが、

「……お兄さん。雷が……雷が見えるよっ！」

二人が互いに睨《にら》み――もとい、見つめ合って何かを目で語り合っている様子を見て、ニナが怯えだす。

どうして初対面だというのに、挨拶《あいさつ》でこんな空気になるのだろうか。

「……こほん。モニカ。エリーは冒険者ギルドで何度か顔を見た事もあるだろ？」

「アレックス、私はモニカさんと顔見知りよ。まぁどういう訳か、喋《しゃべ》り方も服装も変わっているけど……改めて、よろしくね。モニカさん」

「あら、エリーさんったら。私は普段から、このような話し方ですよ？　どうぞ、よろしくお願いいたしますね」

エリーとモニカは顔見知りだと言うのに、どちらも目が笑っていない笑顔なのは何故だ？

それに、何となくモニカの目が、余計な事を言うな……と、エリーに語り掛けているような気がしなくもない。

いや、これも俺の気のせいだろう。……きっと。

「あと、皆に紹介しておくと、モニカはマジックナイトというジョブで、俺と同じ様に剣が使えて、

中位までの攻撃魔法が使えるんだ。……今は何故かメイドさんだけど」

剣と魔法が使えるモニカは、せっかく来てくれたのだから、前衛としてエリーと組んでもらおうかと思ったのだが、まさかのメイドさん志望だった。

そういえば通話魔法の中で、全力で奉仕すると言っていたけど、こういう意味か。

てっきり、マジックナイトとして魔族領の開拓に協力してくれるのかと思っていたのだが、俺の早とちりだったようだ。

「皆様、モニカと申します。最初はお見苦しい所もありましたが、剣も魔法もご奉仕も出来ますので、どうぞよろしくお願いいたします」

おぉ、メイドとしての役割だけでなく、マジックナイトとしても戦ってくれるのか。

ならば、エリーと共に地下洞窟《どうくつ》で魔物を倒してもらうのが良いかもしれないな。

「……ねぇ。ご奉仕って、なーに？」

「掃除や洗濯とかの家事だけをする事よ」

「皆の家事を担う意味で、それ以外の意味は一切ありませんよ」

ニナの言葉にエリーとリディアが即答し、何かを言おうとしていたモニカが黙る。

奉仕という言葉には、二人が言った意味以外に何も無いと思うのだが……それはさておき、新たな仲間が増える事になったので、いろいろと決めなければならない事があるのだが、その前にモニカから質問が出てきた。

「ご主人様。エリー殿はともかく、ニナ殿とリディア殿は、どこから来られたのですか？　ここは人の居ない魔族領ですよね？」

「あぁ。二人は俺の《奴隷解放》スキルでやって来たんだ」

「《奴隷解放》スキル……ですか？　長年冒険者をしておりますが、聞いた事の無いスキルですね」

「詳しい話は長くなるから割愛するが、この魔族領へ来てすぐに、魔族を倒した時に授かったんだ。何でも、エクストラスキルというらしい」

一通り紹介を行ったところで、モニカが数日前のエリーと同じ質問をしてきたので、同じように奴隷解放スキルについて説明する。

「エクストラスキル……流石《さすが》はご主人様ですね。しかし七日に一度使えるという事は、数日後にはまた一人、ここに住む方が増えるという事でしょうか？」

「そうだな。ニナが来たのが四日前くらいだったかな？　だから、三日後くらいには一人増えるかもしれないな」

「……だとすれば、早々に奪い返す必要があるな……」

「ん？　何か必要な物があるのか？」

「え!?　いえいえ、何でもありません。気になさらないでください」

モニカが何か呟いていたけど、気にするなという事だったので、早速ここでの活動について説明する事に。

南に向かって壁を広げる事。酒を作ってシェイリーの力を回復させる事。新たな魔物を探して地下洞窟を探索する事。

俺としては、モニカにはマジックナイトとして魔物退治の役割を期待していたのだが、予想外の答えが返ってきた。

「なるほど。その三つだと、私はお酒と洞窟の探索に貢献出来そうですね」

「えっ⁉　モニカは酒を作る事が出来るのか⁉」

「はい。……と言っても、家の葡萄《ぶどう》酒作りを手伝った事があるだけで、私自身は本格的に行った事はありませんが」

「家の葡萄酒作り……って、モニカの家は酒作りをしているのか？」

「そうですね。葡萄酒がメインで、少しだけ蒸留酒も作っていました。どちらも、一通り作り方は知っていますよ」

「それは助かる。俺は酒を飲まないし、葡萄から作られているんだろうな……という事くらいしか、知らなかったからな」

詳しく聞くと、モニカの家は代々続く葡萄農家で、葡萄酒を作っているそうで、更に購入した穀物から蒸留酒も作っていたのだとか。

家業は兄が継いでいるそうなので、モニカは好きな事――冒険者となったが、幼い頃《ころ》から酒作りの手伝いをしていたらしい。

これは、マジックナイトとメイドさんに酒作りと、モニカに三役担ってもらう事になりそうだ。

一応、タバサに酒を送ってもらうように頼んだが、自分たちで作る方が沢山作れるだろうし、冒険者ギルドの定期連絡を待たなくてもよくなるからな。

「よし。再び地下洞窟へ行くつもりだったが、予定を変更して、葡萄酒作りに取り掛かってみよう。皆、構わないか？」

一応聞いてみると、モニカを始めとして、四人とも同意してくれたので、葡萄酒作りをする事に。

さて、聞かなくても分かるが、葡萄酒作りというくらいだから、最初にやるべき事は葡萄を作る事だよな。

今は、街を目指す為《ため》に、南へ向かって開拓をしていたが……沢山の葡萄が必要になるし、小屋から離れたところに葡萄畑を作ると運ぶのが大変なので、小屋の西側に葡萄畑を作る事にした。

まぁ葡萄以外にも、果樹を西側に纏《まと》めているし、きっとその方が良いだろう。

「リディア。葡萄畑は西側に作ろうか」

「わかりました。では、あちらですね」

早速、石の壁を西側に広げようとしたのだが、事情を知らないモニカから待ったがかかる。

「アレックス様。葡萄酒用の葡萄を作られるのですよね？」

「あぁ、そのつもりだ。リディアの精霊魔法により、すぐに木が生えて実がなるんだが、本当に凄《すご》いぞ」

「いえ、エルフが使う魔法ですから、私やエリー殿とは全く異なる系統の魔法だと思います。ですが、高い石の壁際に葡萄を生やすのはちょっと……もっと陽当《ひあ》たりの良い場所に出来ないでしょうか」

「ん？　……あぁ、もちろん壁際なんかに生やさないさ。この壁を向こう側へ大きく畑一つ分広げるんだ」

　壁を広げると言ったが、モニカは訳が分からないといった表情を浮かべている。

　これは、ニナが来た時と同じく、実際に見せた方が早いかもしれないな。

「モニカ。これは、リディアの魔法で生み出された壁なんだ。だから、リディアが消す事も出来る。まぁ見ていてくれ」

「なるほど。この石の壁……こんなに綺麗《きれい》に真っすぐ並んでいるので、どうやっているのかと思っておりましたが、これもリディア殿の魔法でしたか」

「では、アレックスさん。準備は良いですか？　……いきます！」

　いつものように、リディアが壁の一部を消すと、あまり開拓していない西側だからか、幸いな事にシャドウ・ウルフは待ち構えていなかった。

　そのため開いた壁からは、ただただ何も無い地平線だけが見えている。

「これは……なるほど。第四魔族領は噂《うわさ》通りの場所だったのですね」

「あぁ。見ての通り、何も無い場所だ。だが向こうを見てくれ」

「あれ⁉　小さいですが、森……ですか？」

「さっき説明したシェイリーが森を作ってくれたんだ。まだ力が回復していないそうだが、それでも森を作る事が出来るなんて、相当凄いけどな」

あの森のおかげで、木材を得る事が出来たので、これからテーブルや椅子などが、頑張ったら作れるかもしれない。

とはいえ、俺が不器用なのか、物作りに関するスキルを持っていないからか、今のところガタガタの板を作っただけで終わってしまっているが。

「森があるのであれば、何かしら果物なども採れるかもしれませんね」

「そうだな。だが、あの森が出来たのは本当につい最近なんだ。それまでは見渡す限り地平線しかなくて、リディアが精霊魔法で作物を生み出してくれたおかげで生活出来てたんだ」

「違いますよー。私が精霊魔法を何度も使えるのはアレックスさんが魔力を分けてくださるからです。私一人では、石の壁で周囲を覆って魔物を退けたり、大量の作物を生やしたりなんて事は出来ませんよ」

リディアはそう言うが、実際俺は魔力だけあってもどうする事も出来ないし、やはりリディアが居てくれてこそ……

「アレックスもリディアさんも、互いに褒め合わなくて良いわよっ！　それより、早く新しい壁を出していかないと、アレが来るわよ」

「あぁ、そうだな。周囲に居ないからと話している場合ではなかったか。リディア、頼む。《シェア・マジック》」

「はい。……《石の壁》」

エリーに指摘され、スキルを使ってリディアに俺の魔力を分けつつ、壁を作ってもらう。

順調に壁を作っていき、予定していた広さの半分程まで進んだ所で、ニナが口を開く。

「お兄さん。あっち……来たよー」

「ん？　何が来……たっ⁉　黒く大きな……あ、あれはまさか、災厄級の魔物シャドウ・ウルフでは
っ⁉」

ニナの指し示す先を見てみると、一体のシャドウ・ウルフが走って来た。

複数で来られたら困るが、一体だけなら大丈夫だろう。

とはいえ、万が一の事があっては困るので、女性たちには壁の中へ入ってもらう。

だけど、事情を知らないモニカが、俺の前に立ち、剣を抜く。

「ご、ご主人様！　私が少しでも時間を稼ぎますので、どうかお逃げ下さいっ！」

「いや、大丈夫だからモニカは下がっていて」

「し、しかしっ！　私は以前、ご主人様に命を救っていただきました。ですから、今度は私がご主人様を……き、来たぁぁぁっ！」

「《ディボーション》……《ホーリー・クロス》」

怯《おび》えるモニカに防御スキルを使用し、俺がダメージを肩代わり出来るようにすると、近寄って来たシャドウ・ウルフに聖属性を纏ったパラディンの攻撃スキルを放つ。

すぐさま二発目のホーリー・クロスで止《とど》めを刺そうとしたのだが、意外な事にシャドウ・ウルフが一撃で倒れ、影の様に掻《か》き消えた。

「《捕食》スキルのおかげなのか？　一撃で倒せるようになったな」

「え⁉　わ、私……生きてる？　……というか、災厄級の魔物を一撃で倒されたのですか⁉　こ、これがS級冒険者の実力です……か」

「お、おい！　モニカ⁉　大丈夫か⁉」

アサシン・ラビットとブルー・リザードだけで、これ程までに強くなっているのであれば、これから沢山魔物を食べれば、あのベルンハルト並の敵が来ても、奥の手を使わなくても済むようになれるだろう。

そんな事を考えながら隣に目をやると、モニカがペタンと地面に座り込んでいたので、手を貸したのだが、

「あの、ご主人様。申し訳無いのですが、着替えてきても良いでしょうか？」

「勿論《もちろん》構わないが、シャドウ・ウルフは俺が倒すから、鎧《よろい》などは着なくても良いぞ？　重いだろうし」

「いえ、その……恥ずかしながら、恐怖で下着が……し、失礼しますっ！」

起き上がったモニカが、小屋に向かって走り去ってしまった。

着替えるという事は、汗をかいて気持ち悪いのだと思うが、逃げるように走って行かなくても良いと思うのだが。

「ん？　これは、何だ？」

先程までモニカが座っていた地面に、小さな水溜《みずた》まりが出来ているのに気付いたのだが、これは何だろうか。

「アレックス。そんな物をじっくり見ちゃダメよっ！」

「お兄さん。流石にそれは見て見ぬ振りをしてあげようよー」

「まぁ初見は仕方無いですね。私はギリギリ踏みとどまりましたが、初めての時は同じ事になりかけましたし」

何の事かは分からないが、皆が見るなと言うので、謎の水溜まりの事は忘れ、リディアと石の壁作りを再開する事に。


それから少しすると、着替えると言っていたはずのモニカが、何故か先程と同じ格好で戻って来た。

「私の荷物が未《いま》だタバサ殿から送られていなくて……でも気持ち悪いので脱いできました。ですからご主人様は、あまりこちらを見ないようにしていただけますでしょうか。あ、でも夜まで待てないようでしたら、どうぞ……」

「アレックス！　絶対にモニカさんの方を向いちゃダメだからねっ！」

「アレックスさん！　さぁ壁と葡萄畑作りを頑張りましょう！　私が手を引いて参りますので、ずっと下を向いていてください！」

良く分からないが、何故かモニカが顔を赤く染め、エリーがモニカを俺の視界へ映さないように立ちはだかる。

リディアも強引に俺の手を引いて石の壁作りを始めだしたし、一体何が起こっているんだ？

その後も、何度かシャドウ・ウルフが現れてバタバタしたものの、畑一つ分の広さを石の壁で囲む事が出来た。

「は、ははは。ご主人様は、災厄級のシャドウ・ウルフを、ゴブリンでも倒すかのように斬り捨てて行くんですね」

「いや、これは相性が良かっただけなんだ。シャドウ・ウルフの弱点が、たまたまパラディンが得意とする聖属性だっただけだしな」

「たまたま……というか、そもそも巨大なシャドウ・ウルフに立ち向かえる時点で、十二分に凄いと思います」

そう言って、モニカが褒めてくれるのだが、これはニナのおかげだと思っている。

ニナが居なければ、武器や防具のメンテナンスが出来ず、いつか壊れてしまう。

武器が――剣がなければ聖属性の攻撃が出来ず、シャドウ・ウルフが倒せないし、盾がなければ攻撃を防ぐ事が出来ないからな。

だから、俺がここで生活出来ているのは、リディアのおかげであり、ニナのおかげであり……要は、決して俺一人が凄い訳ではない。

そんな話をしつつ、ニナのスキルで強化された農具を使い、固い地面を耕していく。

「モニカ。これくらい土を耕しておけば大丈夫か？」

「そうですね。むしろ実家の果樹園の土より、しっかり耕されているように思います」

「わかった。ではリディアに葡萄《ぶどう》を生やしてもらおうと思うんだが、品種などの指定はあるのか？」

「そうですね。皮が厚めの葡萄をお願いしたいです。品種で言うと、例えば……」

リディアに聞いてみると、知っている品種であれば指定可能らしく、モニカの言う葡萄の木を精霊魔法で生やしてくれた。

それから、同じく精霊魔法を使って急成長させ、あっという間に葡萄の木に実がなる。

「えへへー、どんな味かなー」

「あ、ニナ殿！　その葡萄は……」

「……す、すっぱいよぉー」

モニカの制止が間に合わず、ニナが葡萄を食べて顔をしかめているが、葡萄は食べるのに向いた品種と、葡萄酒に向いた品種で大きく味が異なるらしい。

それでも食べ物を粗末にせず、ちゃんと一房全部食べたのは偉いが、この後に葡萄酒用として収穫するから、そこに入れても良かったんだぞ？

リディアに頼んで、別途ニナが食べる為《ため》の葡萄の木を数本生やしてもらうと、早くも葡萄酒用の品種の収穫へ移る事にしたのだが、

「ご主人様。葡萄酒を作るのであれば、出来るだけ大きな木桶《きおけ》に葡萄を集めたいのですが、適したものはありますか？」

「いや、残念ながら料理で使う小さなボウルや、鍋《なべ》くらいしかないな」

「そうですか……どうしたものか」

大きな容器が無い事を話すと、モニカが困りだしてしまった。

シェイリーが作ってくれた北西の森から木を切って、桶《おけ》を作る事が出来れば良いのだが……難しいんだよな。お風呂《ふろ》用の手桶《ておけ》ですら挫折《ざせつ》してしまったし。

小さな手桶が作れなかったのに、大きな桶が作れるはずもないので、ニナに頼んで鉄の桶を作ってもらう事に。

「ニナ、鉄の残りで大きな桶みたいな物を作れないか？」

「薄くすれば作れると思うけど、重いよ？」

「とりあえず、暫定的に使う為に、頼むよ」

「わかったー！」

ニナが桶を作ってくれている間に、収穫していこうという話になり、小屋から鍋や調理用のボー

ルを持って来て、皆で葡萄を収穫していく。

ちなみに、モニカは幼い頃《ころ》から収穫している方法があるので、鍋などの容器は不要だと言って、そのまま手ぶらで葡萄畑へ。

暫《しばら》くすると、モニカが大量の葡萄を抱えながら、収穫を続けている様子が見えたのだが、一体どうやっているのだろうか。

「モニカ。その大量の葡萄を、どうやって左手だけで持っているんだ？」

「ご覧になられますか？　とはいえ、横から見ていただければ一目瞭然《いちもくりようぜん》なのですが、スカートを捲《まく》り上《あ》げて、風呂敷《ふろしき》のように広げているんです。ご主人様。せっかくなので、横から見てください」

「いや、それだと下着が見えてしまうだろ？　覗《のぞ》く訳にはいかないし、説明してもらって納得出来たから良いよ」

「いえ、今の私は絶対に下着は見えませんよ？　穿《は》いてな……げふんげふん。どうぞ、横からご覧になってください。葡萄畑を営む一家の匠《たくみ》の技があるんです」

「そうなのか？　じゃあ、悪いけど少しだけ……ん？　エリー？」

モニカがそこまで言うのなら……と、どうなっているのか見せてもらう為にモニカの横へ回ろうとしたところで、唐突にエリーが割り込んで来た。

「アレックス。一体何を覗こうとしているのよっ！」

「ナイスです、エリーさん！　アレックスさん、ご覧になりたいのでしたら、私がっ！」

「どさくさに紛れて、リディアさんも何を言っているのよっ！　というかアレックスも、子供の頃に私と一緒にお風呂へ入っていて、お互いに見た事あるでしょっ！」

いや、エリーと風呂に入った事は何度もあるが、それと葡萄摘みの話は全く繋《つな》がらないと思うのだが。

「くっ……あと少しで見ていただけたというのに、邪魔が入ったか」

「いや、モニカも何の話をしているんだ？　葡萄酒作りの話だよな？」

「こ、こほん。そ、そうですよね。エリーさんもリディアさんも、何を仰《おっしゃ》っているのでしょうね」

モニカの言葉で、エリーとリディアが揃《そろ》ってジト目になったのを不思議に思いつつ、集めて来た葡萄を、ニナが作った鉄の桶へ。

「では次に、集めた葡萄を足で踏んでいくのですが、桶のサイズもありますし、これは私がやりましょう」

「だ、ダメよっ！　モニカさんが何をするか、大体予想がつくものっ！　私もやるわっ！」

「エリー殿。この桶へ大人二人が入るのは難しいと思うのだが」

「そ、それなら……ニナちゃんっ！　モニカさんと一緒に葡萄を踏んでみましょう！」

食べ物を踏むというのは少し抵抗があるものの、伝統的な作り方で、市場で売られている葡萄酒は殆《ほとん》どがこの作り方だと聞いたので、二人にやってもらう事となった。

リディアに水を出してもらい、念入りに足を洗って貰《もら》うのだが、ニナは少しばかり洗い方が雑というか、水を嫌がっているというか……ドワーフの寒さが苦手というのは、困ったな。

「ニナ。ちょっとこっちへ来てくれ」

「ん？　お兄さん、どうしたのー？」

「あぁ、ちょっと気になる事があるから、俺の脚の上に座ってくれ」

「はーい」

地面に片膝《かたひざ》をついて座ると、ニナが素直に俺の太ももの上に腰掛けたので、しっかり丁寧に足を洗ってやる事に。

「リディア、こっちに水を頼む」

「お、お兄さんっ⁉　冷たっ！　……って、くすぐったいよーっ！」

「足で葡萄を踏むんだろ。もっと綺麗《きれい》に洗わないと」

足の指の間まで綺麗に洗おうとしているのだが、ニナが終始くすぐったいと言いながら身体《からだ》をくねらせ、逃げようとする。

だが、流石《さすが》にこれは妥協出来ないので、左腕でしっかりとニナを抱えて逃げられないようにして、丁寧に洗っていくと、

「んっ！　お、お兄さん⁉　そ、そんなところ……だ、ダメぇぇぇっ！」

「いや、足の小指だって、しっかり洗わないとな」

「ひぅっ！　ま、待って！　お兄さん！　ギブ！　ギブアップー！」

ニナが小さな身体でジタバタしているけど、構わず洗い続け、ようやく綺麗になった。

「よし、ニナ。これで良いよ……って、どうしたんだ？　ニナ？」

「うぅ……お兄さん。ニナ、もうダメぇ……」

余程くすぐったかったのか、ぐったりとしたニナが、倒れるようにして俺に抱きついてきた。

だが、せっかく洗ったニナの足を地に着ける訳にもいかず、お姫様抱っこのように抱きかかえて、小屋へ運ぶ事にしたのだが、

「ご主人様。私もご主人様に洗っていただきたいです」

「モニカさんは、自分で洗えるでしょっ！」

「……ニナさん。羨《うらや》ましい……」

何故か他の女性陣が騒ぎ始めてしまった。

それから少しして、ニナとモニカが葡萄の入った鉄の桶の中へ。

「あははっ！　何て言うか、すっごく不思議な感じがするよー！」

足を綺麗に洗い、一時ぐったりしていたニナだったが、回復してからは楽しそうに葡萄を踏んでいる。

とりあえず、楽しそうで何よりだ。

「ニナ殿。リズムよく足踏みしながら、少しずつ場所を移動するんだ」

「えっと、こう……かな？　えへっ……楽しいっ！」

「良い感じです。どうせなら、葡萄酒作りを楽しみましょう」

ニナが葡萄の汁の跳ね返りを気にせず、足を大きく動かし始めたので、ショートパンツのスキマから時折下着が見えてしまっている。

ニナはあまり気にしてなさそうだけど、リディアやエリーだったら、見るなと怒られていたかもしれないな。

いや、もちろんニナの下着を凝視している訳ではなく、視界に映ってしまうだけなのだが。

「さて、そろそろ私も本気を出すので、しっかりスカートを上げて……」

「モニカさんっ！　貴女《あなた》は捲り上げちゃダメでしょっ！　見えちゃうじゃないっ！」

「大丈夫です。見せているので」

「尚更《なおさら》ダメよっ！」

モニカはスカートが汚れるのが嫌なのか、ただでさえ短いスカートを捲り上げようとして、エリーに止められている。

ちなみにモニカの話によると、収穫祭の一環として、音楽に合わせて踊りながら踏んでいたらしい。ただ、もっと大きな桶でやっているので、今は出来ないが。

それから、二人が暫く葡萄を踏み、足下に果汁が溜《た》まってきたところで、次の工程へ移るからと、二人が桶から出て来た。

「次はこれを発酵させるのですが、発酵用の部屋なども無いと思いますので、一先《ひとま》ずこのまま置いておきましょう。ただ出来れば、木の板とかで簡易にでも覆っておきたいですが」

「木の板ならあるから、鉄の桶を囲うくらいは出来るぞ。ちなみに、どれくらいの期間、置いておくんだ？」

「父は葡萄の様子を見ながら、二週間くらいは発酵させていたかと。とりあえず、同じくらいの期間は置いておきましょう」

モニカに言われた通り、板で桶を覆って、葡萄酒作りは一旦《いったん》発酵待ちとなった。

こればかりは、魔法でどうこう出来そうにないので、素直に待つしかない。


ひとまず昼食を済ませると、冒険者ギルドからモニカの荷物が届いたので、鎧《よろい》を装着してもらい、ニナのスキルでモニカの剣を強化して、地下洞窟《どうくつ》へ行ってみる事にした。

目的は、モニカの実力を実際に確認する事だ。

モニカはパーティを組まずに、ソロでA級冒険者になっている実力者なので、大丈夫だとは思うが、念には念を入れておきたいからな。

パラディンの防御スキルで全員を守った上で、モニカに先頭を進んでもらうと、早速魔物の群れが現れた。

「はぁっ！」

「《ミドル・フレイム》」

「くっ……たぁっ！」

流石はマジックナイトと言うべきだろう。モニカはグリーン・スコーピオンを剣で斬りつけ、硬いアイアン・スコーピオンは魔法で倒す。

アサシン・ラビットの素早さに少し手間取っていたものの、最終的にしっかり倒していた。

よし。これなら……密《ひそ》かに考えていた案――作業分担が実現出来るかもしれないな。

今は全員で固まって行動しているが、石の壁を拡張したり、新たな作物を植えたりする時は、リディアが主に行動する。

その間、ニナとエリーは周囲を見張るくらいしかする事がなくて、手持《ても》ち無沙汰《ぶさた》だからな。

「モニカ。昼食前に開拓の様子を見てもらったと思うが、地上の開拓にはリディアの協力が必要不可欠なんだ。それで、俺はリディアに魔力供給を行うから、地下洞窟の探索をモニカとエリーの二人を中心に行ってほしいと思うのだが、どうだろうか」

「ご主人様。この程度の魔物でしたら、私は一人で大丈夫ですが」

「いや、この付近に現れるのは、この三種類の魔物が主だが、向こうに行ったら違う魔物が居たんだ。だから、探索を進めた時に、どんな魔物が現れるか分からないから、ソロはダメだ。それに、魔物が大量に現れた時は、エリーの魔法が無いと辛《つら》いぞ」

モニカに実力があるのは認めるが、長年ソロで活動しているからか、エリーと一緒に……という話をすると、僅《わず》かに眉《まゆ》をひそめる。

その一方で、エリーも口を開く。

「アレックス。モニカさんの実力は分かったわ。その上で、安全性を高める為《ため》、私と一緒に行動する事も。だけど、パーティを分けるっていう事は、地上に残るのはアレックスとリディアさんだけ？　ニナちゃんは？」

「ニナは鉄や土の採取があるから、エリーたちと同行する方が良いと思っているのだが」

「ということは……ダメよ！　そんなのっ！　二人っきりだなんて、アレックスが危ないじゃない！　私とモニカさんが地下洞窟を探索するのなら、せめてニナちゃんをアレックス側にしてよ」

エリーがよく分からない事を言ってくる。

俺とリディアが二人で地上に居ると危ない？

確かにシャドウ・ウルフは強力な魔物だが、壁で周囲を囲っているし、今は一撃で倒せるようになっている。

地上だって未知の魔物が現れないとは限らないが、その可能性は地下の方が遥《はる》かに高いと思うのだが。

「しかし、鉄や土の採取には、ニナのスキルがあった方が良いと思うぞ？」

「ダメッ！　何て言われようと、これは絶対に譲れないんだからっ！」

何故か物凄《ものすご》く固執するので、ニナの意見を聞いてみようとした所で、先にエリーが当のニナへ話を振る。

「ニナちゃんも、アレックスと一緒の方が良いわよね？」

「うんっ！　鉱物も好きだけど、ニナはお兄さんの方が好きだもん」

「すっ……ま、まぁとにかく、そういう事よっ！」

何がどう、そういう事なのかは分からないが、ニナが地上での開拓組となり、エリーの希望通りとなったので、もう問題も無いだろう。

ある程度アイアン・スコーピオンを倒して鉄を採取した所で、俺とリディアとニナの開拓組三人は地上へ戻る事にしたのだが、

「……これはこれで、失敗だったのかしら……」

エリーがよく分からない事を呟《つぶや》いていた。

挿話一　勧誘されるエリー

モニカさんが魔族領へ来ようとしていたので、何とかして止めようと思ったんだけど……結局来てしまったため、五人で生活をする事になった。

でも地上での開拓作業って、正直言って戦闘職である私やモニカさんは、出来る事が殆ど無いのよね。

リディアさんのように石の壁や植物を出したり出来ないし、ニナちゃんみたいに何かを作ったりする事も出来ない。何とか出来る事と言ったら、リディアさんが精霊魔法で大きく育てた作物の収穫くらいだろうか。

でもこれって、私に適しているか……と聞かれたら、そうではないかもしれない。

だって私のジョブはアークウィザードだもん。作物を運ぶ事よりも、攻撃魔法を使ってこそ、活躍出来るというものだ。

まぁだからこそ、アレックスは五人を二つのパーティに分けて、私とモニカさんを地下洞窟の探索に割り当てたのだろうけど。

「……殿。エリー殿。聞いているのか？」

「えっ⁉　ごめんなさい。ちょっと考え事をしていて。モニカさん、どうしたの？」

気付けばモニカさんが、怪訝《けげん》な表情で私の顔を覗《のぞ》き込んでいた。

「エリー殿。リディア殿を牽制《けんせい》する為にニナ殿を地上の開拓組へ送り込んだようだが、大丈夫なのだろうか」

「どういう意味？」

「いや。ニナ殿は、我々と同じくご主人様を――アレックス様を愛しているのではないかと思ったのだが」

「えぇっ⁉　ニナちゃんは、まだそんな事を考える年齢ではないと思うんだけど」

「そうだろうか。幼くても女である事に変わりは無い。エリー殿も幼少の頃《ころ》の自分を顧みれば、心当たりがあるのではないか？　少なくとも、私は幼い頃からそういった話に興味津々だったぞ？」

そんな事を胸を張って言われても、どうしろと。

とはいえ、私も三歳の頃からアレックスと一緒に居るけど、まぁその……うん。口が裂けても言えない事だってあるわね。

だけど、ニナちゃんがアレックスを襲うなんて事は考えられないので、気を付けなければいけないのはやっぱりリディアさんだと思う。

でもニナちゃんが居るし、二人きりにならないから、きっと大丈夫だろうと思っていたんだけど、

「ふむ。アレックス様とリディア殿が二人きりになる事はない。だがニナ殿が無垢《むく》な事を利用して、

リディア殿が三人で……などと提案してきたらマズいかもしれないな」

「さ、三人で……って、そんな訳ないでしょ！」

「いや、十分あり得る。事実、私はアレックス様に愛していただけるのなら、最悪二番でも良いと思っている。もちろん、アレックス様の一番になれるに越した事はないが」

えぇ……二番って事は、アレックスは誰か別の女性の事が好きで、その次に私って事よね？

それはちょっと、辛くない？

「エリー殿。私が思うに、アレックス様には色仕掛けが通じ難く、エリー殿はライバルであるリディア殿と牽制し合って、どちらも先に進めない。おそらく、そんな状態ではないか？」

「うっ……否定出来ないのが辛い」

「しかも《奴隷解放》スキルがある為、時間が経《た》てば経つほど、アレックス様を狙《ねら》うライバルが増えていく」

「そ、その通りよ」

モニカさんは、まだ魔族領へ来て半日しか経っていないのに、的確に状況を把握している。

くっ……これが大人の女の力なの？

私と一つか二つくらいしか、違わないはずなのに。

モニカさんの観察力に舌を巻いていると、

「さて、エリー殿。この状況と、私の考えを伝えたうえで、一つ提案がある」

そう言って、ジッと私の目を見つめてきた。

「提案？　アレックスの事について……よね？」

「もちろんだ。先程も話したが、私は二番目の女であっても良いから、アレックス様にこの身を捧《ささ》げたいと思っている。エリー殿はどうだ？」

「えっ⁉　そ、それは……も、もちろんアレックスと一緒に居る為に、この魔族領まで来た訳だもん。その、いつかはアレックスと結婚して、こ、子供を四人くらい授かりたい……かな」

この魔族領のお仕事が終わって街へ戻ったら、白い教会で結婚式を挙げて、静かな湖畔に家を建てるの。

そこで、アレックスと愛を育んで、それから、それから……

「エリー殿？」

「きゃぁっ！　お、驚かさないでよ」

「いや、私は何もしていないが……それより、エリー殿。私と手を組まないか？」

「……え？　手を組むって、どういう事なの？」

「そのままの意味だ。一人でアレックス様を落とせないのであれば、二人がかりで攻めるしかないだろう」

二人がかり⁉　それはつまり、私とモニカさんとが一緒にアレックスと⁉

……って、何て事を想像させるのよっ！

「こ、こほん。もう少し具体的に話してくれる？」

「私の考えでは、リディア殿はニナ殿を仲間に引き入れるはず。そして今日見た限りでは、最も強敵なのは、リディア殿でもエリー殿でもなく、ニナ殿だ」

「それはないわよ。ニナちゃんは無邪気にアレックスとじゃれ合っているだけの子供じゃない」

「子供だからだ。さっきの足を洗っていた時もそうだが、アレックス様もニナ殿の事を子供扱いしていて、何の躊躇《ちゅうちょ》も無く抱き上げたりしていただろう？　現時点でアレックス様と最も距離が近い者……それは、ニナ殿だ」

考えてみると、確かにモニカさんの言う通りかもしれない。

私もアレックスと一緒にお風呂《ふろ》へ入っているけど、かなり距離を取っていた。

先程のニナちゃんみたく、アレックスの足の上に座ったり、抱きあったりしたのは、もう何年前の事だろうか。

「あ！　そういえば、ニナちゃんは毎晩アレックスに抱きついて、胸の上で眠っているわね」

「な……何だって⁉　やはり私の目に間違いは無かったな」

言われてみれば、何かある度に、アレックスの側《そば》にニナちゃんが居るような気がする。

そんなっ！　アレックスの一番近くに居るのは、幼馴染《おさななじみ》である私のはずなのにっ！

「エリー殿。現状を理解してもらえたかな？　今、アレックス様の恋人の座に最も近いのが、ニナ殿だという事に。そして、この状況を打破する為に、私と手を組むべきだという事に」

「……確かにそうかもしれないわね。だけど、一つ疑問があるの。モニカさん、貴女《あなた》は二番目でも良いって言ったわよね？　だったら、ニナちゃんと組めば良いんじゃないの？　そっちの方がモニカさんとしては確実だと思うんだけど」

実際にアレックスがどう思っているかは分からないけど、モニカさんはニナちゃんが現時点での一番だと言う。

それなら、ニナちゃんと組めば良いはずなのに、どうして私なのだろうか。

あやしい。モニカさんは何か企《たくら》んでいるんじゃないの？

「あぁ、そういう事か。もちろん別の理由があって、私が二番目でも良いと言っているのは、アレックス様が私を愛してくれるのならば……という前提があっての話だ。もしも、アレックス様がニナ殿を一番大切な女性として扱う場合、私やエリー殿は窮地に追い込まれてしまうだろう」

「アレックスがニナちゃんを恋人にしたら、私たちが窮地に？　……アレックスが浮気しそうに無いから？」

「もちろん、それもある。だが我々にはあってニナ殿に無い、分かりやすい物があるではないか」

私やモニカさんにあって、ニナちゃんに無い物？

それって、逆じゃない？

ニナちゃんの評価が高いというのなら、ニナちゃんにあって、私たちに無い物っていうのが普通だと思うんだけど。

ニナちゃんに無い物と言ったら……あっ！

「気付いたようだな。そう、ニナ殿はお子様体型で胸が無い。一方で、私やエリー殿は胸が大きい。もしも、アレックス様がニナのような幼児体型好きになってしまわれたら、私は二番目にすらなる事が出来ないだろ？」

「そ、そんな体型の話をされても、胸を小さくだなんて、どうしようもないじゃない」

「だから、そうならないように、先に手を打つんだ。私とエリー殿の二人で、アレックス様に巨乳の素晴らしさを教えるんだっ！」

モニカさん。自分で自分を巨乳と断言するなんて……いえ、実際モニカさんの胸は凄く大きいんだけどさ。

一旦《いったん》胸の話はおいておいて、ニナちゃんがアレックスに子供だと思われているから距離が近いのは、その通りだと思う。

だけど、その子供だと思っているニナちゃんに、アレックスが手を出すかしら？

それに、モニカさんは気にしないみたいだけど、二番目でも良いっていうのは、どうなんだろう。私の独占欲が強いの？　……普通の考えだと思うんだけどな。

「ふむ……まだ納得できないか。では、実際にエリー殿の目で確かめてみると良いだろう。じっくりニナ殿を観察してみるんだ。そして、納得したならば、改めて手を組もうではないか」

「……考えておくわ」

「うむ。ただし、あまり時間は無いぞ？　アレックス様が、三日後に新たな奴隷《どれい》が解放されると言っていた。今でさえライバルが多いというのに、早くしないと更に増えるからな」

「分かったわ」

おそらく、これから私は毎日モニカさんと洞窟《どうくつ》を探索する事になる。

ここは、情報交換の場としては良いわね。……地上のアレックスは心配だけど。

一先《ひとま》ず私とモニカさんは周辺の魔物を倒し、初めて見る魔物——大きめの蛇を氷結魔法で凍らせ、持ち帰る事にした。


「アレックス、戻ったわよ」

「ご主人様ー！　ご主人様のモニカが戻りましたよー！」

モニカさんは地下洞窟と……というか、アレックスが居る時と居ない時で、話し方が全然違うんだけど。

「エリー、おかえりー！　んー……どーんっ！」

「ニナちゃ……って、いきなり抱きついたりして、どうしたの⁉」

「えへへ……あのね、あのね。ふわふわして、ほわほわしてるのー！」

「ど、どういう事？」

ニナちゃんが抱きついて来たかと思ったら、私の胸に顔を埋《うず》めてくる。

身長差があるから、単にニナちゃんの顔の位置が、私の胸の位置だっていうだけかもしれないけど、それにしても何か様子がおかしい。

「エリー、モニカ。お疲れ様。その様子だと、特に危険な事は無かったみたいだな」

「そうね。前衛にモニカさんが居てくれるし、いざという時は私が魔法で一掃出来るしね」

アレックスがやって来たので、ニナちゃんに抱きつかれたまま話をしていると、

「この声は……お兄さーん！　わーい！　大好きなお兄さんが、沢山居るー！　えーいっ！」

私から離れたニナちゃんが、アレックスの胸に飛び込んで行った。

というか今、大好きなお兄さんって言ったわよね⁉　私たちが地下洞窟に居る間に、一体何があったの⁉

「ニナ？　どうしたんだ⁉　妙に顔が赤いし、この匂《にお》いは……もしかして、ニナは酔っぱらってないか？」

「えっとねー。冒険者ギルドから届いた荷物にー、お酒があるはずだーって言ったでしょー？　それに、サソリを漬けて来てーって言われてー、でもどれがお酒のビンなのか分からないからー、飲んで確かめてみたのー！」

「すまない。俺が自分でやるべきだったな。……《リフレッシュ》」

アレックスが状態異常を治す神聖魔法を使い、ニナちゃんがいつもの表情に戻っていく。

確かに言われてみれば、顔が赤くて、トロンとした目だったわね。

「ニナ。大丈夫だとは思うが、気持ち悪かったり、頭が痛かったりしないか？」

「うん。お兄さん、ごめんね」

「いや、俺も荷物をちゃんと確かめずに依頼して悪かった。少し横になるか？」

「ううん。お兄さんが魔法で治してくれたから、大丈夫だよー」

ニナちゃんは大丈夫だと言っているのに、念の為《ため》……と、アレックスがニナちゃんを抱きかかえ、お姫様抱っこで小屋へ運ぶ。

うーん。葡萄《ぶどう》酒作りの時も抱きかかえていたし……やっぱりモニカさんの言う通り、アレックスはニナちゃんがお気に入りなの!?

それから、私とリディアさんとで夕食を作る事になったんだけど、料理が出来るまでの間、アレックスはニナちゃんと一緒に居て……って、そこにモニカさんが交ざっている!?

モニカさんと目が合うと、こっちは任せて……といった感じでウインクされたんだけど、さり気なくアレックスの腕に、モニカさんが胸を押し付けていた。

えっと、それがアレックスを大きな胸好きにする為の行動なの!?

ちょっとやり過ぎじゃない!?

この状況を終わらせるため、大急ぎで食事の支度を終え、皆で夕食を済ませると、次はお風呂へ入る事に。

「なるほど。皆で一緒に入る訳ですね」

「すまない。ただ、これにはいろいろと訳があって……」

「いえ、私は気にしませんよ？　むしろ、ご主人様とご一緒出来て嬉《うれ》しいくらいです」

「えぇ……と、とりあえず、俺は後ろを向いて居るから」

モニカさんが加わったものの、いつも通りにお風呂へ入り……あれ？　モニカさんは、意外にお風呂では大人《おとな》しいのね。

「流石《さすが》に、お風呂では変な事はしないのね」

「変な事？　私は一度も変な事はしていないつもりだが」

「葡萄を集めている時からお風呂まで、ずっと下着を着けていなかったでしょ。しかも、アレックスに自分から見せようとしていたし」

「あれは……不可抗力だ。まさか災厄級と言われるシャドウ・ウルフが現れるなんて、思ってもみないだろう。それに、見せようとしていた訳ではなく、あくまで偶然の事故だ。いわゆる、ラッキースケベというやつだな」

湯船に浸《つ》かりながら、モニカさんに話を聞いてみたけど、ラッキースケベとはどういう意味なのだろうか。

「まぁとにかく、いくら私でも全裸でご主人様へ抱きついたりはしないさ。そこまで露骨な事をしたら、間違いなく変な女だと思われてしまうからな」

「そうね。そんな事をしても許されるのは、ニナちゃんくらいだしね」

そう言って、話題のニナちゃんに目を移す。

ニナちゃんは今日の葡萄の件で、日々の身体《からだ》の洗い方が不十分だと言われ、アレックスに身体を洗われている。

逃げられないようにと、葡萄の時と同様にアレックスから抱きしめられ……って、今はお互いに全裸なんだけどっ！

あくまで子供として見ているのよね!?

変な意味はないわよね!?

「……あれは、ズルい。私もアレックス様に洗ってもらいたい……いや、メイドという設定だから、むしろ私がアレックス様を洗いに行くべきか」

モニカさんがメイドさんの事を設定って言っているんだけど。

いやまぁ、モニカさんはマジックナイトであって、全くメイドさんに関係のあるジョブではないから明白なんだけどさ。

「リディア。すまないが、水をお願い出来ないか？」

「はい。では、出しますよ。……《恵みの水》」

「ひゃあぁぁぁっ！　冷たいよーっ！　お兄さん助けてっ！」

再びアレックスに視線を戻すと、リディアさんの魔法でシャワーのように頭上から水が降って来て……ニナちゃんがアレックスさんに抱きつく。

一方で、アレックスもニナちゃんを抱きしめている⁉

「ニナちゃんが抱きついて来たのを、アレックスが当然かのように受け止めていたわね」

「あぁ。しかもリディア殿は、それを見ても一切動揺していなかった。やはり二人は手を組んでいるのだろう」

「でも、ニナちゃんがアレックスの一番になったら、胸が……」

「エリー殿。リディア殿をよく見てみるのだ。リディア殿は胸があまり……」

って、ちょっと待って！　今のモニカさんの声……リディアさんに聞こえているんじゃないかしら。

り、リディアさんが笑顔なのに、目が一切笑っていないんだけど。

も、モニカさん⁉　それ以上は喋《しゃべ》らない方が……モニカさーんっ！

第二話　地下洞窟で見つけた魔物の巣

モニカが魔族領へ来て、地下洞窟で実力を確認させてもらった翌日。

朝食を済ませたところで、モニカやニナに教えてもらいながら、蒸留酒に魔物を漬けてみる事にした。

冒険者ギルドから酒と一緒に送られて来た手紙によると、小さな樽《たる》が三つあり、うち二つが蒸留酒で、残りが葡萄酒なのだとか。

「とりあえず、こんなところか？」

「そうですね。私は葡萄酒以外あまり詳しくありませんが、特に問題無い気がします」

「うん。ニナのパパも、そんな感じに漬けていた気がするよー」

蒸留酒の樽の一方にアイアン・スコーピオンを入れ、もう一方に昨日《きのう》エリーたちが持ち帰った、ロック・パイソンという蛇の魔物を入れておいた。

どれくらいの期間漬ければ良いかは分からないが、送られて来た箱の中へ暫《しば》く置いておく事に。

「ん？　よく見たら、タバサが送って来た箱の中に、葡萄酒も入っているのか。葡萄酒は魔物を漬けるのに向いてなさそうだし、これはシェイリーにあげようか」

「ご主人様。シェイリーさんというのは、確か青龍《せいりゅう》なのでしたっけ？」

「あぁ。とはいえ、人間の姿だと子供にしか見えないから、神獣とは思えないけどな」

シェイリーが森を作ってくれたおかげで、木材や薪《まき》が手に入り、リディアに頼らなくても調理に火が使えるようになった。

リディアの負担を下げてもらった訳だし、お礼も兼ねて早速持って行こう。

「じゃあ、地下洞窟《どうくつ》だし、俺とエリー、モニカの三人で行くか？」

「お兄さん。ニナも行くよー！」

「分かった。リディアだけ留守番っていうのもどうかと思うし、全員で行こうか」

モニカが来る前と同じ様に、全員で地下洞窟へ行く準備をする。

「アレックス。松明《たいまつ》はどうする？　持って行く？」

「いや、今回は俺が居るから良いんじゃないか？」

「分かったわ。松明はちょっと重いから、持たなくて良いのは助かるかな」

シェイリーのおかげで使えるようになった物として松明もあったなと、改めて感謝しつつ、地下洞窟へ。

モニカとエリーがサクサク魔物を倒して行くので、俺の役目は照明と荷物運びしか無いが、この二人なら、安心して地下洞窟の探索を任せられそうだな。

それから、何の問題もなくシェイリーの居る社へ到着した。

「シェイリー、居るか?」

「ん……おぉ、アレックスではないか。会いに来てくれたのか?」

「あぁ。新しい仲間が来たから紹介したいのと、ちょっとした手土産があってな。……で、こちらの女性が新たに来たモニカだ」

俺の言葉で、モニカが幼女姿のシェイリーの前へ移動し、深々と頭を下げる。

「マジックナイトのモニカです。宜《よろ》しくお願いします」

「シェイリーだ。今は人の姿をしておるが、青龍だ。よろしく頼む。……ところで、どうしてお主は胸が丸出しなのだ?」

「丸出し……い、いえ。こういうデザインの服であって、別に露出している訳では……」

「ふむ。しかし、これだけ胸が大きければ、かなり重そうだな」

「そ、そうですね。肩は凝りますね」

シェイリーは一体何の話をしているんだ?

だが、モニカの胸が重いというのは昨晩実体験したから、よく分かる。

五人で暮らすには手狭な小屋の中で、誰《だれ》がどこで寝るかという激しいジャンケン大会の末、俺の右側にエリー、左側にモニカとなったのだが、何故か二人とも俺の腕を胸で挟むようにして眠ってしまい……柔らかいのだが、腕にかかる重さは中々の物だった。

その上、いつも通りニナが俺の胸の上で寝るから……あれ? 今更だけど、俺は皆の抱き枕にされていたのか？

「ご主人様。シェイリー殿にお土産があるのでは？」

「そうだった。シェイリー、前に希望していた酒を持って来たんだ」

「おぉっ！　それは、すまないな。酒は我の力の回復に良く効く。有り難く貰《もら》うとしよう」

早速タバサから送られて来た、葡萄酒が入った小さな樽を社の側《そば》へ置くと、シェイリーが嬉しそうに笑顔を浮かべる。

「そうだ。酒の礼という訳ではないのだが、前に話した黒髪の者たちの村の場所を思い出したのだ。行ってみるが良い」

「黒髪の者というと、この地が魔族領と呼ばれる前に、この辺りに住んでいた者たちの事だよな？」

「うむ。生き残っている者は居《お》らぬと思うが、魔物の巣が見つかるかもしれん。アレックスは魔物を食べれば食べる程強くなる訳だし、行く価値はあるだろう」

シェイリーが、社から西へ行った所に村があったと教えてくれて……チラチラと酒の樽に目をやる。

あぁ、早く酒を飲みたいのか。

シェイリーが村の場所を教えてくれたのは、別に俺たちを遠ざける為ではなく、本当に思い出したからだろうが、暫くぶりとなる酒のはずだし、早く飲ませてあげようか。

「分かった。じゃあ、俺たちはこのまま西へ行ってみるよ。ありがとう」

「気を付けて行くのだぞ。ここまで戻って来たら、小屋までは我が送るからな」

そう言って、シェイリーが笑顔で見送ってくれるのだが……よだれっ！　口の端から、よだれが出ているぞっ！

とりあえず、心の中だけで指摘しておき、シェイリーに教えてもらった通り、皆で西へ向かう事に。


シェイリーの社へ来た時と同じように、所々にニナのスキルで光苔《ひかりごけ》を生やして帰り道が分かるようにして歩いて行くと、リディアが暗闇《くらやみ》の中で何かを見つけた。

「アレックスさん。この先に何かありますね」

盾に灯《とも》した照明では未《いま》だ照らせないが、夜目の利くリディアの指示に従って進むと、壊れた壁に辿《たど》り着《つ》く。

「これは……家だったのだろうか」

「んー、村を囲む防壁だったんじゃない？」

「いずれにせよ、シェイリーの言う通り、村があったのかもしれないな」

ボロボロになったレンガ造りの壁をエリーと一緒に調べていると、

「お兄さん。こっちにもあるよー」

ニナが同じような壁を見つけた。

早速、ニナの居る所へ向かうと、リディアが慌てた声を上げる。

「アレックスさん！　何か……居ます！」

リディアの視線の先を見てみると、大きな人影が歩いている事に気付く。

その姿を見て、黒髪の人の子孫が生き残っていたのかと一瞬思ったが、灯《あか》りに照らされた顔は緑色の豚だった。

「皆、気を付けろっ！　オークだっ！」

普通のオークであれば大した事はないが、ここは魔族領だ。

これまで街の近くで倒してきたオークと同じ強さとは限らない。

それにオークといえば、人間を含めたどんな種族とも子を生《な》そうとする、女性の天敵と呼ばれている魔物だ。

四人を絶対に守らなければ。

「オークとか最悪っ！　《アイス・ジャベリン》」

「《大地の槍《やり》》」

「《ミドル・フレイム》」

エリーの魔法を皮切りに、リディア、モニカと魔法の攻撃が続く。

幸い、俺たちの認識通りの強さで特殊なオークではなかったのだが、奥からわらわらとオークが溢《あふ》れ出て来る。

くっ……数が多いっ！

一体、どれだけ繁殖しているのか、いくら攻撃してもキリがなく、俺とモニカ、ニナの三人で近寄ってきたオークを倒し続ける。

「アレックス。村の跡がちょっと壊れても良いかな？」

「そうだな、頼む。モニカ、ニナ。少し下がるぞ」

エリーの言葉を聞き、俺の合図で後ろへ下がると、

「《ブリザード》」

エリーが放った範囲魔法で、周囲に居るオークたちが次々に凍り付いていき、動かなくなる。

念の為《ため》、周囲を確認したが、どうやらエリーの魔法で殲滅《せんめつ》したようだ。

「ありがとう、エリー。この辺りに居たオークは全《すべ》て倒したみたいだな」

「ふふっ。広範囲への攻撃こそ、私の真骨頂だからね。それよりアレックス。念の為に魔力を分けてもらっても良い？」

魔法を連発していたエリーに魔力を分けると、リディアとモニカも魔法を使ったからと、近寄って来た。

三人に魔力を分けた所で、何故かニナが俺の手を取ってくる。

「ニナだけ仲間外れはいやー！」

単にニナが魔法を使っていないから、魔力を分ける必要が無いだけなのだが、ちょっと拗《す》ねてい

る。

とりあえず、手を繋《つな》いだまま頭を撫《な》でると満足そうにしていたので、大丈夫だろう。

「一旦《いったん》オークの肉を持ち帰って、改めて調査に来ようか」

倒したオークの内、良い感じに凍っていた肉を手にして、ニナが作ってくれていた光苔の道を引き返して行くと、シェイリーの社へと戻って来た。

この光苔の道を辿って生き残りのオークが社へ来ないかと少し心配したが、ある程度近付くと魔物の類が現れなくなったので、シェイリーの力で、この辺りに結界的な何かが張られているのかもしれない。

「シェイリー。戻って来たから、地上へ送って……シェイリー？」

「んぉ？ ……っく！ アレックスではないか。……という事は、乳女も一緒だな？」

「乳女!? ……って、私の事ですか？」

モニカが困惑しながら聞いてきたが、俺に聞かれても困るのだが。

ただ、モニカは先程シェイリーから胸の話をされていたし、乳……こほん。まぁモニカの事だろう。

「ふむぅ……羨《うらや》ましいではないか。この巨大な凶器で、アレックスと乳繰り合っているのだろう？我も久々に人肌に触れたいぞ」

「あの、シェイリー？ 何を言って……って、ちょっと待て。随分と酒臭くないか？」

「アレックス……我とも乳繰り合わぬか？　この者のように大きな胸は無いが、それはそれで良きものだぞ？」

シェイリーが、抱きついて来て……って、何処《どこ》に手を伸ばそうとしているんだよっ！

「アレックス。さっき渡した酒樽《さかだる》が空になっているわよ！」

「え、もう!?　小さいとは言っても、樽《たる》だぞ!?」

「ふふふ……葡萄《ぶどう》の酒とは珍しかったので、ついつい飲み過ぎてしまったのだ。だが、アレックスよ。次は是非、米の酒を頼む。これはこれで良いのだが、やはり酒は米だな！　あの米をギリギリまで削り、良い所だけを使った酒は至高の味だ」

「米の酒？　そんなの聞いた事が無いぞ？　とりあえず葡萄酒なら、今地上で作っているが……シェイリーが飲む酒の量からすると、あれだけでは足りないか。後でまた同じように葡萄酒を作っておこうか」

よく見れば、シェイリーの顔が真《ま》っ赤《か》に染まっている。

ここまでくると、俺が使える中位の状態回復魔法では治せないかもしれないな。

そんな事を思いつつ、治癒魔法を使用したのだが、

「《リフレッシュ》……って、あれ？　発動しない？」

「ふっふっふ……せっかく我が気持ち良くなっているというのに、つれないではないか。さぁアレックスも、我と一緒に気持ち良くなろう！」

何故か治癒魔法が使えず、シェイリーが顔を擦り付けてきた。

「ご主人様っ！　是非私も一緒にっ！」

「モニカさんまで何をしようとしているのよっ！　シェイリーさんも離れてっ！」

「エリー殿、ここは便乗しておくべきでは？」

モニカが意味不明な事を言いながら、俺の前で膝《ひざ》立ちになったところで、

「ダメーっ！」

◇
◆
◇

「む？　お主は交ざらぬのか？」

「交ざらないわよっ！　それより、シェイリーさんもモニカさんも、ちょっと来なさい！」

シェイリー共々、エリーに引っ張られて行く。

「シェイリーとモニカの二人は、お兄さんの前にしゃがみ込んで、何をしようとしていたのー？」

「ふふっ。先程のは古来より続く男女の……」

「ニナちゃんに変な事を教えないでっ！」

エリーがシェイリーを引っ張りながら怒っているけど、相手は一応神様なのだが。

シェイリーの回復の為に酒は必要らしいが、渡した後は暫《しばら》く近付かない事にしよう。

「では、村の探索に出発しようか」

シェイリーに教えてもらった村を調べ、オークの肉を手に入れた翌日。

午前中に地上の開拓作業や、畑の世話などを終わらせると、主に俺とニナの意見で、午後から昨日《きのう》の村へ行く事にした。

というのもオークは二足歩行ではあるものの、基本的に豚なので、アサシン・ラビットとはまた違い、煮ても焼いても旨《うま》い。

特に、昨日エリーが作ってくれたポークソテーは絶品だった。

そんな豚肉を補充……もするが、主目的はあくまで新たな魔物を見つけ、俺が強くなる事だが。

「エリー。豚肉でベーコンとかって作れるー？」

「おー、ニナの言う通り、ベーコンも良いな。俺はスペアリブを考えていたよ」

「それも良いねー！　あとね、あとね。ニナはハムも好きー！」

豚肉を使った料理をニナと話しながら、全員で地下洞窟《どうくつ》へ入り、先《ま》ずはシェイリーの社まで来たのだが……

「あれ？　シェイリーは居ないのか？」

何故かその姿が見えない。

特に用事がある訳ではないのだが、何かあったのだろうか。

「昨日、お酒に酔って醜態を晒《さら》したから、顔を出せないんじゃないの？」

「エリー殿が、くどくどと説教をしたからでは？」

「くどくどって……まぁ全く反省している感じが無かったから、結構言っちゃったかも」

「実際、かなり長かったのだが……物凄《ものすご》く」

モニカが顔をしかめているが……まぁ確かに昨日は長かったよな。

エリーがモニカとシェイリーを引きずって、何処かへ行ったっきり帰ってこなくなったから、残されたニナとリディアとで、次の冒険者ギルドからの定期連絡で何を送ってもらうかを話していたんだよな。

ちなみに、ニナは大きな鞄《かばん》があると助かると言っていて、リディアは石鹸《せっけん》やタオルが欲しいと言っていた。というのも、前に石鹸やシャンプーなんかの類は送ってもらったんだけど、女性が多い事もあって、消費が激しいからな。

そんな話をしていると、

「シェイリーは、あの中に居るんじゃないのかなー？　ニナ、見てくるー」

止める間も無く、ニナが社の中を覗《のぞ》き込む。

こういう何かが祀《まつ》られている場所に入って良いのか？　と思っているうちに、ニナが戻って来た。

「あのねー。恥ずかしいから、そっとしておいて欲しいって」

「そ、そうか。まぁ無事なら良いか」

「うん。中で頭を抱えて、あぁぁぁ……って言いながらゴロゴロ転げ回っていたから、元気だと思うよー」

果たしてそれは、元気と言うのか？

次に来る時に、シェイリーが好きそうな物でも持ってきてあげよう……って、酒だな。流石《さすが》にそれは止《や》めておくか。

とりあえず、シェイリーに復活してもらう方法はまた今度考える事にして、進路を西へ。

程なくして昨日の村が見えてきたのだが、

「《石の壁》」

突然リディアが俺たちの前に壁を作り出す。

その直後、何かがぶつかる様な大きな音と振動が伝わって来る。

「アレックスさん！　村の前に大量のオークが居ます！　おそらく、投石機的な物で岩を飛ばして来ているのかと」

「分かった。エリー、この距離からいけるか？」

「単体攻撃なら。範囲魔法だと、もう少し近付かないと」

「分かった。俺がエリーを守りながら突撃する。リディアはここで遠距離攻撃に対する防御を。モニカとニナは、ここに近付いてきた魔物を倒してくれ」

念の為にエリーへ防御スキルを再度使用すると、タイミングを見計らって走り出す。

盾に照明を灯《とも》している事もあり、俺に向かって集中砲火が来るが、

「《アイアン・ウォール》」

敏捷《びんしょう》性を犠牲にして防御力を高めるスキルを使用し、飛んでくる岩や石を盾で防ぐ。

両腕で盾を支えて攻撃を凌《しの》いでいると、投石が止んだ一瞬に、俺の背後へ隠れていたエリーが飛び出した。

「オークのくせに、投石なんて……《ブリザード》」

エリーの範囲攻撃魔法でオークの群れが凍りつき、飛んで来ていた岩も落下していく。

だが、かなりの数が居るらしく、数は減ったものの、再び岩が飛んでくる。

「エリー、もう少し前に行けるか？」

「えぇ。アレックスと一緒なら大丈夫っ！」

更に村へ近付き、エリーの魔法でオークを殲滅すると、念のために投石機も破壊しておいた。

これで投石攻撃は無くなったと、安堵《あんど》したのだが、

「お兄さんっ！　助けてーっ！　モニカが大変っ！」

背後からニナの叫び声が聞こえてくる。

何事かと後ろに目をやると、モニカが使っているであろう炎の魔法に、オークたちを倒すモニカの姿と、普通よりも二回り程大きなオークの姿が映った。

つまり、あの巨大なオークが本命で、こっちの投石は戦力を分断する為の囮《おとり》か。

「オークが陽動だなんて……投石機の使用といい、どうなっているんだ⁉」

通常、オークは食欲と性欲しかない、本能だけで生きている魔物のはずだ。

ところが、投石機を使用したり、こちらの戦力を分散させたりと、不可解な事が多い。

しかし、今はそれを考える時ではなく、とにかくモニカたちを助けなければ。

「アレックス……あれって、もしかしてオークキングじゃない⁉」

「オークキング⁉　あの、S級として登録されている魔物の⁉」

「たぶん。普通のオークよりも遥《はる》かに大きいし、知能があるみたいだし。おまけに、周囲に取り巻きっていうか、護衛みたいなのも居るでしょ」

戦うモニカの様子を目で追いながら、大急ぎで引き返していると、エリーが巨大なオークの正体に気付く。

だが、オークキングが居るという事は、奴《やつ》もいるのでは⁉

「ええっ⁉　モニカ、どうして剣を捨てちゃうのっ⁉」

くっ、やはりか！

走っている最中に、再びニナの声が響き渡る。

オークキングの側《そば》に居ると思われる、闇魔法を使う魔物――オークメイジによって、モニカが状態異常に陥ってしまったらしい。

「モニカ！　しっかりしてっ！　どうして、鎧《よろい》を脱ぎだすの⁉」

「ニナさん、離れてください！　先程の魔力……おそらく、あの小柄なオークが、何かしらの魔法を使ったのでしょう。混乱か魅了か……いずれにせよ、今の私たちにはモニカさんを助けられません！」

ニナに続き、リディアの声が聞こえて来た。

俺たち人間よりも遥かに魔力の高いエルフのリディアが言うのだから、その通りなのだろう。

混乱状態であれば、意味不明な行動を取るだけで済むが、魅了状態だと、最悪術者の操り人形にされ、仲間を攻撃されかねない。

そのため、迅速な回復が必要なのだが……その前に、オークキングが立《た》ち塞《ふさ》がる。

「ウゴクナ。コノオンナ、ヒトジチ」

おそらく混乱状態となったモニカが剣を捨てて鎧を外しているのだが、その傍《そば》に立ったオークキングが、斧《おの》を振り上げた状態で意外な事を言ってきた。

人の言葉を話せる事もそうだが、まさか状態異常にした者を人質に取るとは。

陽動や投石も含め、かなり知能がありそうだが……有効そうに思えるその行動は、俺の前では無力だ。

「《ディボーション》……エリー、モニカは大丈夫だ。全力でやってくれ！」

「えぇ、任せてっ！　《サンダーストーム》」

パラディンの上位防御スキルでモニカを守ると、エリーに強力な範囲攻撃を放ってもらい、一気に形勢逆転となる。

モニカのダメージを肩代わりしたので、俺もダメージを受けているが、魔法を受ける事が分かっているし、予《あらかじ》め準備しておいた中位の治癒魔法で回復したので、問題なしだ。

「オマエラ……ナカマヲ、ミステタ」

「違うな。モニカを助けた上で、お前を倒すんだ。《シールド・チャージ》」

エリーの魔法を耐えたオークキングに、盾を構えて突撃すると、巨体が吹き飛んでいく。

……あれ？　オークキングって、オークにしては知能があるのと、身体《からだ》が大きいだけで、実は弱いのか？

思っていた以上に効果があったので、岩にぶつかって止まったオークキングに走り寄り、追撃する。

「《ホーリー・クロス》」

攻撃スキルを放つと、オークキングの動きが止まった。

……オークキングって、シャドウ・ウルフみたいに聖属性に弱いのか？

そんなイメージは無かったのだが、今がチャンスと、エリーも援護してくれる。

「《フレイム・ランス》」

「《ホーリー・クロス》」

エリーの生み出した炎の槍《やり》が巨体に突き刺さり、そこへ放った俺の攻撃が止《とど》めになったようで、オークキングが倒れ、完全に動かなくなった。

地上にはシャドウ・ウルフが大量に居て、地下にはオークキングか。この魔族領には、一体どれ程の魔物が居るのだろうか。

そんな事を少し考えたものの、モニカを元に戻すのが先だと気付き、慌てて踵《きびす》を返す。

「すまない、待たせたな。《リフレッシュ》」

モニカたちのところへ戻って来ると、すぐさま状態異常を治す魔法を使用する。

何故かモニカが鎧を外して胸を露出させていたが、やはり混乱状態だったのだろう。だが……

「くっ！　剣が……無いっ!?　しかも鎧が破壊され、胸が露出させられている!?　オークめ、来るなっ！　わ、私の初めてはご主人様に捧《ささ》げるのだっ！」

モニカは混乱が完全に回復出来ていないからか、よくわからない事を叫んでいる。

とりあえず、俺の事をオークだと思っているらしい。

「モニカ。大丈夫か？　とりあえず、服を……」

「くっ……殺せっ！　慰みものにされるくらいなら、私は死を選ぶっ！」

「え？　胸を隠す為《ため》に、俺の予備のシャツをかけただけなんだが」

まだ元の状態に戻らないモニカの肌を隠し、呼び掛けてみるが……一体どうしたものか。

高位の治癒魔法が使えればすぐに解決しそうなのだが、パラディンである俺は中位の神聖魔法までしか使う事が出来ない。

「モニカ！　オークはもう全《すべ》て倒したんだ。だから、安心してくれ」

モニカが暴れ始めたので羽交い絞めにすると、突然大人しくなった。

魔物の魔法の効果が切れたのだろうか。そう思って少し力を緩めると……しまった！　モニカがその隙に抜け出し、クルリと振り向き……正面から俺に抱きついてきた⁉

「お、おい、モニカ⁉　突然どうしたんだ⁉」

「も、モニカさんっ！　何を……そうだ！　アレックス！　混乱回復の魔法よ！」

「あ、あぁ。そっちも試してみよう。《キュア・コンフューズ》」

同じ中位の神聖魔法だが、状態異常全般を治すリフレッシュに対し、混乱状態だけを回復するキュア・コンフューズの方が、若干効果が高い。

だが、リフレッシュの方が便利なので、エリーに言われるまですっかり忘れてしまっていた。

「ご主人様ぁ。モニカ、怖いですぅ。オークが迫ってきますぅ」

「話し方がガラッと変わっているんだけど。モニカさん、正気に戻っているわよね？」

「……下劣。アレックスさん、今すぐ離れてください」

エリーとリディアが何故か不機嫌になっているが、ひとまずモニカが元に戻ったようだ。

しかし、皆を無事に守り切ったものの、どうしてこんなところにオークキングが居たのだろうか。

あの黒髪の村の跡地に何かあるのか、それともオークキングが村を根城にしていただけなのかはわからないが、もう少し調べたいな。

「お兄さん。沢山お肉があるけど、どーする？　とりあえず持って帰る……で良いのかな？」

「そうだな。普通のオークはおいといて、別種族と思われるオークを持ち帰ろうか」

もう一度村へ行こうかと思ったところで、ニナに呼ばれ、先にオークの肉を回収する事に。

Ｓ級のオークキングは当然として、Ａ級のオークメイジや、いつの間にか倒していたオークアーチャーに、オークファイターやハイオークなど、このオークたちの群れだけで、かなりの種類の肉が取得出来た。

俺の強化用と普通に食事用とで、かなりの肉を得たのだが、それでもまだまだ大量に残っているな。

「アレックス。持ち帰れない分は、燃やしておく？　死骸《しがい》に魔物とかが、集まってきそうだし」

「既に持ち切れないくらいの量があるし、そうしようか。エリー、頼む」

「了解っ！」

そう言って、エリーがオークの死骸を纏《まと》めて燃やしていく。

肉に脂が多いからか、物凄《ものすご》く良く燃えて、消し炭に。

ここまでやっておけば、大丈夫だろう。

火が全て消えている事を確認し、シェイリーの所へ戻る。

「シェイリー。ちょっと来てくれないか？」

「うぅ……何の用だ？　暫《しばら》くそっとしておいて欲しいのだが」

声を掛けると、社から半分だけ顔を出したシェイリーが、未《いま》だに恥ずかしそうにしていた。

色々あったと言えばあったけど、別に誰《だれ》も気にしていないと思うぞ。

「いや、大量に肉を得たから、一緒に食事でもどうかと思ったんだが」

「む……肉か。前に貰《もら》った食事も旨《うま》かったな。……さ、酒もあったりするのか？　いや、出して欲しいという意味では無く、今は控えたいという意味なのだが」

「確か、葡萄《ぶどう》酒は無かったはずだ。じゃあ、後で俺たちの家まで来てくれ」

「分かった。だが、水臭い事を言うな。そういう事であれば、我が家まで送ってやろうではないか」

そう言って、シェイリーが俺たちから少し離れると、幼い女の子の姿が光に包まれ、一瞬の後に巨大な龍へと姿を変える。

「え、えぇぇぇっ⁉　シェイリー殿が蛇……ではなく、龍の姿にっ⁉」

「あー、そうか。モニカはシェイリーが龍の姿になったところを見ていなかったな……って、どうしたんだ？」

「いえ、あまりの驚きで、腰が抜けてしまいまして」

シェイリーの姿を見たモニカが、シャドウ・ウルフを見た時と同じ様にペタンと座り込む。

そして前回同様、直後に現れる謎の水溜《みずた》まり。

一体何なのかと考えていると、

「……アレックスたちは我の背中に乗るが良い。だが、そっちの乳女はダメだ」

シェイリーが不機嫌そうに声を掛けて来た。

「乳女とは、もしかして私の事ですか？　な、何故《なぜ》ダメなのでしょうか」

「……我の背中が汚れる。だが、安心しろ。背中に座られると困るが、ちゃんと運んでやろう」

シェイリーに背中へ乗るように促され、皆で身体《からだ》をよじ登る。

ひとまずモニカを除いて、全員が背に乗った事を伝えると、龍の姿のシェイリーが大きく口を開け、モニカの鎧を咥《くわ》えた。

「うえぇえっ⁉」

「甘噛《あまが》みだから大丈夫だ。それと、今から飛ぶぞ。大人しくしていないと、落ちるぞ」

「ふわぁぁあっ！　怖いぃぃぃっ！」

シェイリーが簡単に説明をした後で、改めてモニカを噛《か》み、地上へ向かって昇って行く。

モニカの様子を見ていると、短いスカートの中から、変な液体が撒《ま》き散《ち》らされている気もするのだが……一先《ひとま》ず全員無事に地上へと戻って来た。

「もう、出ません。全部……出尽くしました」

涙目のモニカが、女の子の姿に戻ったシェイリーに何か言っているのだが、一体何なのだろうか。

「まったく。乳女のその癖は直した方が良いのではないか？」

「そう言われましても、生理現象ですし、恐怖が限界を超えると、勝手に起こってしまう訳ですし

「……」

モニカの癖？　……あぁ、そういう事か。

「そうだな。確かにモニカの癖は早めに直した方が良いと思う」

「えぇっ⁉　ご、ご主人様までっ⁉　うぅ、そんなぁ……」

「待った。そんなに悲しそうにしなくても良いと思うのだが。癖なら、直せば良いんだからさ」

「ですが、そう簡単に直るものでしょうか。私の、その……恐怖を感じてしまった時の癖を」

「あぁ、直せるさ。俺も手伝うから、直してみよう」

正しく言うと、直すというか、矯正かな。

モニカは剣と魔法で戦うマジックナイトというジョブだが、魔法を使用する時に、動きが僅《わず》かに止まって隙が出来る事を、先程のオークたちとの戦いで発見した。

あの時は、走りながら遠目でモニカを見ていただけだったが、それでも戦いの中であの隙は非常にマズい。

Ｓ級のオークキングの姿を見た時にも、一瞬硬直があり、オークメイジの魔法にやられていたようにに思えたからな。

「ご、ご主人様が私のあの癖を直してくださるのですか⁉」

「あぁ、早速やってみよう。モニカ、剣を構えて……って、魔法だけで戦うのか？　まぁそれも一つではあるが……」

モニカの癖を直す特訓を始めようと思ったのだが、何故か剣を抜く気配がないので、早く構えるように言ったのだが……どういう訳かキョトンとした表情のまま動かない。

「ご、ご主人様。私が怖い時に起こる、生理現象とも言える癖を直してくださるんですよね？」

「あぁ。モニカが驚いた時に隙が出来る癖を直すつもりだ……って、どうして突然崩れ落ちるんだ⁉　モニカ⁉　まだ何もしていないぞ⁉」

「くっ……てっきり、シェイリー殿と話していた方の癖を直していただけるのかと思っていたのに。というか、私にそんな戦いの癖があったんですか⁉　全然知らなかった……」

「え？　さっきから、モニカのその癖の話をしていたんじゃないのか？」

強敵と戦う際には致命的になり得る癖なので、早く直しておきたいのだが、どういう訳かモニカが動こうとしない。

「アレックス。モニカさんは違う癖の事を考えていたみたいだから、そっとしておいてあげて」

「違う癖？　モニカの癖と言えば……後は、咄嗟《とっさ》の時に火の魔法を使う事が多いとかか？　これに関しては、聖属性しか扱えない俺がどうこう言う権利はないんだが」

「うん。その話でもないから。というか、モニカさんは来たばかりなのに、よくそこまで見ているわね」

「まぁ同じ前衛職で、連携する機会も多いからな。オークキングなんて魔物に遭遇した訳だし、モニカの癖は直しておいた方が良いだろう」

そう言うと、モニカが顔をしかめる。

まぁ癖を指摘されて良い気分にはならないだろうけど、これも皆の安全を守る為だからな。

「む？　アレックスよ。オークキングとは何の話だ？」

「あぁ。シェイリーが教えてくれた村に行ったら、オークが大繁殖していた上に、オークキングが居たんだ」

「ほう。そのような魔物が居たのか。以前はそんな魔物など影も形も無かったはず……やはり、あの土の四天王とやらが来て、我が封じられておったせいかもしれぬな。かつては、一定の力を持つ魔物は我の気配を察して、自ら逃げて行ったというのに……」

そう言って、シェイリーが顔を曇らせる。

「心配するな。土の四天王とやらを倒し、シェイリーはこうして解放されているんだ。ゆっくり力を取り戻していけば良いさ」

「……そうだな。ありがとう、アレックス。黒髪の者たちも、子孫がどこかで暮らしてくれていると良いのだが」

シェイリーは遠い目でどこか遠くを見ているが……しかし、シェイリーの先程の言葉が気になる。

土の四天王が居た事と、神獣であるシェイリーが長年封じられていた事。これらにより、オークキングだけでなく、他の魔物が居る可能性もあるのだろうか。

「お兄さん！　それより、お肉だよっ！　オークたちの大量のお肉祭りだよっ！」

ニナが落ち込んでいるシェイリーを励ますかのように明るく……いや、違うな。これはただ肉が食べたいだけか。

だが、落ち込んでいるより、皆で楽しい時間を過ごす方が良い気もする。

「そうだな。せっかくS級のオークキングの肉が手に入ったんだ。食べればかなり強くなれるはずだし、早速食べようか」

エリーが心配しているように、魔物が来る可能性があるのであれば、尚更《なおさら》早く強くならなくてはいけないので、小屋に戻ると早速エリーとリディアに調理してもらう事に。

「んー、これだけ沢山お肉があるし、人数もそれなりに居るから……ニナちゃん。金網とかって作れないかしら？」

「作れるよー！　金網があれば、お肉が食べられるの？」

「えぇ、そうよ。あと、金網を置く台も……こんな感じのを鉄で作れるかしら？」

「任せてー！」

エリーがニナに何かを作るように依頼し……あぁ、なるほど。そういう事か。

「エリーの意図は分かった。俺も手伝おう」

「じゃあ、私がお肉を。リディアさんに野菜を準備してもらうから、アレックスは焼いていってくれる？」

「わかった」

リディアやニナはまだどういう調理方法なのかは分かっていないようだが、俺とエリー……それに、モニカもわかったようで、準備を始める。

この調理方法は俺たちにとっては普通なのだが、エルフやドワーフには馴染《なじ》みが無い食べ方なのかもな。

「ご主人様。薪《まき》に火を点《つ》けました」

「お兄さん。エリーに言われた金網と、置く台を作ったよー！」

「ありがとう。じゃあ、これをモニカが熾《おこ》してくれた火の上に置いて、準備完了だ」

あとは、食材が来れば……と、思ったところでエリーとリディアが小屋から出て来た。

「アレックス、お待たせ。まず、どれから行く？　一番能力が上がりそうなオークキングは最後に取っておく？」

「いや、順番はどれでも良いが……とりあえず浄化の魔法が先だな」

エリーが切ってくれたオークたちの肉に浄化魔法を使用し、適当に網の上へ。

「お兄さん。これは……皆の目の前で、お肉を焼くのー？」

「あぁ。モニカが小皿を用意してくれているから、肉が焼けたら各自の小皿へ入れるよ」

いわゆるバーベキューなのだが、リディアとニナは初めてらしいので、エリーとモニカがそれぞれ説明し、その間に俺はひたすら肉を焼いていく。

良い感じに火が通った肉をそれぞれの小皿に入れ、俺も一切れ食べてみると……身体《からだ》が熱くなり、淡く光る。

「今のはオークメイジのお肉ね。アレックスには強くなってもらわないといけないし、どんどん食べてね」

何となく、強くなったような気もするのだが……捕食スキルは、どんな効果があったのか、自分でわからないところが難点だな。とはいえ、食べるだけで強くなるというのは凄《すご》いので、優れたスキルではあるのだが。

「シェイリーもどうだ？　オークの肉で悪いが、ちゃんと神聖魔法で浄化しているから、食べても大丈夫だぞ」

「……ふふ、すまないな。ありがたくいただくとしよう」

それから、オークアーチャーやハイオークなど、皆で様々な種類のオークの肉を食べる。

いよいよメインのオークキングの肉を焼こうという所で、社から長時間離れられないシェイリーが地下洞窟《どうくつ》へ戻ってしまったが、

「アレックスよ。気を遣わせてすまないな。だが、おかげで気は晴れた。我は一旦《いったん》社へ戻るが、また何かあれば来てくれ」

去り際に言った言葉から、皆で一緒に食事をして良かったと思えた。

挿話二　混乱状態に陥り、幻覚を見るモニカ

地下洞窟の探索で、シェイリー殿の社の西にある村へ行くと、前方からオークたちが岩を飛ばしてきた。

リディア殿の魔法で岩を防ぎ、ご主人様とエリー殿がオークどもを倒しに行ったのだが、少しすると、横から新手のオークたちが現れる。

「くっ！　陽動かっ！　オークのくせに小癪《こしやく》なっ！」

とはいえ、オーク如《ごと》き大した敵ではないので、火炎魔法を灯《あか》り代わりにして斬り倒していると、突然巨大な影が視界に映った。

周囲にいる、棍棒《こんぼう》を手にしたオークよりも二回り程大きく、一体だけ革の鎧《よろい》を着込んで巨大な斧《おの》を持っているのだが……

「なっ……まさか、オークキングなのかっ⁉」

その名の通りオークどもの王で、知性があると言われるS級の魔物だ。

投石機の使用や陽動も、こいつが指示していたのだろう。

「ニナ殿！　ご主人様に応援を求めてくれ！　リディア殿、援護を頼むっ！」

「わかった！　……お兄さんっ！　助けてーっ！　モニカが大変っ！」

「《土の槍《やり》》……モニカさんを巻き添えにしないよう、私は少し離れたオークを倒します！」

ニナ殿が大声でご主人様に助けを求め、リディア殿が土の槍で援護してくれる。

とはいえ、相手はＳ級の魔物と、その側近であるオークの上位種たちで、戦闘スキルを持たないニナ殿と、魔力の消費が激しいリディア殿、そして私だけで勝てる相手ではない。

だが近付く敵を倒せと、ご主人様から任せられたのだ。

ニナ殿とリディア殿を守りながら、一匹でも多くオーク共を斬り捨てるっ！

剣と魔法でオーク共を倒し続けていると、

——ＣＯＮＦＵＳＥ——

聞き慣れない言葉を聞いた直後、いつの間にかフレイの街にある実家に帰っていた。

確か私は、ご主人様とパーティを組み、冒険者として活動していたはずなのだが……

「モニカお嬢様。お帰りなさいませ。お荷物をお預かりいたしますね」

メイドたちに出迎えられ、手にしていた剣を渡すと、私の部屋へ。

私好みの淡いピンク色で家具が統一された部屋に入ると、先程のメイドが申し訳なさそうに声を掛けてくる。

「お嬢様。申し訳ないのですが、この鎧の外し方が分からなくて……」

「いや、気にするな。これくらいは自分で脱ごう」

「恐れ入ります」

実家では鎧なんて身につけていないからな。メイドたちが知らないのも当然だろう。

留め具を外して窮屈な鎧を脱ぐと、久々に胸が解放される。

自身の胸の大きさのせいで、胸を覆わない特注の鎧を着ているが、それでも押し上げられている箇所があり、鎧を着ていない方が楽だ。

「また大きくなってしまったのだろうか。そろそろ鎧を新調しないといけないいな」

「まぁ……モニカお嬢様。まだ大きくなるのですか？　羨《うらや》ましいです」

「いや、ところがそうでもないのだ。私の想《おも》い人は、どうやら小さな胸が好みらしくてな」

「そうなのですか⁉　少々変わった御方なのですね」

「そう言わないでくれ。あのお方は私の命の恩人。あのお方の好みになれるようにと、胸を小さくするマッサージを研究中なのだ」

普段は部屋で一人になった時や、風呂上《ふろあ》がりにしている事だが、女性同士だし、着替えを手伝ってくれるメイドだし、見せても構わないだろう。

それに、目の前に居るメイドは、男性と見間違える程に胸がない。何か胸を小さくする秘訣《ひけつ》があれば、アドバイスを貰《もら》いたいところだ。

一先《ひとま》ず服を脱いで、下着も外すと、早速研究中のマッサージを行う。

「まだ、どれ程の効果があるかは分かっていないが、小さくなれ、小さくなれと願いながら、胸をギュッと押し込むように鷲掴《わしづか》みにするのだ。……とはいえ、そもそも胸が大き過ぎて手に収まらないのだがな」

「……やはり低俗。正気を失った途端に服を脱ぎ、自ら胸を揉《も》みだすなんて」

「ん？　何か言ったか？　それより……いつの間に髪の毛が長くなったんだ？　さっきはショートだった気がするのだが」

何故か正面に居たはずのメイドが、いつの間にか横に移動している。

しかも、髪型が腰まで届く綺麗《きれい》な金髪に変わっているのだが、単にメイドが移動して、頭に着けていたシニヨンキャップを外しただけ……か？

「まぁいい。それより、胸を小さくするアドバイスをくれないか？　女性でありながら、男のように平らな胸なのだ。きっと、何か特殊な事をしているのだろう？」

「た、平ら……あ、貴女《あなた》に無駄な贅肉《ぜいにく》が多過ぎるだけで、私にだってちゃんとあります！　エルフはこれくらいが普通なんですっ！」

「すまない、待たせたな。《リフレッシュ》」

何故か突然怒りだしたメイドと話をしていると、聞くだけで安心出来る、愛《いと》おしい男性の声が聞こえてきた。

だが何が起こったのか、私の部屋から唐突にどこかの洞窟の中へと移動しており、あの性欲の代名詞とも呼ばれるオークに囲まれている。

マズい！　剣を……無いっ⁉　しかも鎧を身につけて居ない上に、いつの間にか胸まで露出させられているだと⁉

これは……もしかして、私は既にオークの慰みものにされていたという事かっ⁉　それで、正気を失って、家に居た頃《ころ》の幻を見ていたのか⁉

「モニカ。大丈夫か？　とりあえず、服を……」

オークに触られるっ！

目の前に居た、私よりも大きなオークが手を伸ばしてきた。

ご主人様にも未《いま》だ可愛《かわい》がって頂いていないというのに、初めての相手がオークだなんてっ！

だが、オークはお構いなしに、私の胸に何かをかけてくる。

「くっ……殺せっ！　慰みものにされるくらいなら、私は死を選ぶっ！」

「え？　胸を隠す為《ため》に、俺の予備のシャツをかけただけなんだが」

どういう訳か、大きなオークからご主人様の声が聞こえてきた。

違うっ！　私が欲しいのは、ご主人様であって、オークではない！

だが、どういう訳か、このオークに惹《ひ》かれてしまう。

周囲の小柄なオークたちには一切惹かれないのに、このオークからは、ご主人様と同じ匂《にお》いがするのは何故《なぜ》なんだ⁉

「モニカ！　オークはもう全《すべ》て倒したんだ。だから、安心してくれ」

しまった！　ご主人様の匂いがするからと、油断した！

羽交い絞めにされたが、背中からオークの温《ぬく》もりが伝わってくる。

何故⁉　オークなのに！　ご主人様ではないのに！　でも、ご主人様な気がして……もうダメッ！　我慢出来ないっ！

私を羽交い絞めにするオークの力が緩んだ瞬間、そこから抜け出し、正面から抱きつく。

あぁ……これが本物のご主人様だったら良いのに。

「お、おい、モニカ⁉　突然どうしたんだ⁉」

「も、モニカさんっ！　何を……そうだ！　アレックス！　混乱回復の魔法よ！」

「あ、あぁ。そっちも試してみよう。《キュア・コンフューズ》」

あれ？　私は一体何をしていたのだろうか。

ご主人様にニナ殿とリディア殿を守るように言いつけられた後に、オークの大群と巨大なオークキングが……そう、オークキングだっ！

慌ててバッと顔を上げると、すぐ目の前にご主人様の顔がある。しかも、私の腕はご主人様の身体《からだ》を抱きしめていて……な、何がどうなっているんだ⁉

オークじゃなくて、ご主人様で……ひとまず、先程の状態に戻り、全力でご主人様の身体を堪能する。

おそらく私は、オークキングかその取り巻きに居た魔物の魔法で、状態異常になっていたのだろう。ナイス！　ナイス状態異常！

状態異常になったら、この中で唯一治癒魔法を使えるご主人様が助けに来るのは必然！

いつの間にか抱きついていた訳だし、おそらく私は魅了状態になっていたはず。……よ、よし。

このまま魅了状態の振りをして、ご主人様に甘え続けよう。

「ご主人様ぁ。モニカ、怖いですぅ。オークが迫ってきますぅ」

「話し方がガラッと変わっているんだけど。モニカさん、正気に戻っているわよね？」

「……下劣。アレックスさん、今すぐ離れてください」

目が笑って居ない笑顔のエリー殿に腕を掴《つか》まれ、リディア殿から凍《い》てつくような冷たい目を向けられる。

エリー殿はともかく、リディア殿が尋常じゃない程に怖いのだが。

リディア殿も、ご主人様とこういう事をしたいはずなのに、怒り過ぎじゃないか⁉

まるでリディア殿の地雷だと思われる、胸の小ささを弄《いじ》られたかのような怖さなのだが。

まさか私が状態異常になっている間、無意識の内にリディア殿の胸を貶《おとし》めたりしていないよな？

そ、そんな事は言ってないよな？

とりあえず、誰かリディア殿の冷たい目を止めてーっ！

第三話　三度目の奴隷解放スキル

『エクストラスキル《奴隷解放》のクールタイムが終了しました。再使用可能です』

シェイリーと共に、大量のオークの肉でバーベキューを行った二日後、朝食を済ませたところで、またもやあの声が聞こえてきた。

「……皆、ちょっと聞いてくれ。俺のエクストラスキル——《奴隷解放》が使用可能になったんだ」

ニナを助けてから七日間が過ぎ、奴隷解放スキルが再び使えるようになった事を告げると、

「素晴らしいです。アレックスさん、早速使ってあげてください」

「それって、ニナを助けてくれたスキルだよね？」

「あぁ、その通りだ。リディアとニナに続き、このスキルを使って、新たな誰かを助けたいと思って居るのだが……このスキルを使って良いか？」

リディアとニナは早く使ってあげようと言ってくれた。

だが、エリーとモニカは少し困惑しているようだ。

「アレックス。そのスキルって、やっぱり女の子が来るの？」

「いや、それは分からないんだ。今のところ、二回とも女性が解放されているが」

「そ、そう……またライバルが増える可能性が……」

「ん？　エリー、何か言ったか？　人が増えるという事は、ここでの生活に関わる大事な話だし、もう一度言ってくれ」

「だ、大丈夫。何でもないからっ」

エリーは何か言いたい事がありそうな気もするのだが、本人が大丈夫と言っている以上、追及しても仕方がないか。

「モニカは何か聞きたい事とか、不安に思う事はあるか？」

「聞きたい事はありませんが、どうか私と抱き合って、先日の続きを……な、何でもないです」

「アレックスさん。乳女さんは特に何も無いそうなので、どうぞエクストラスキルを使ってください」

モニカが何か言いかけ、リディアの顔を見た途端に言葉を噤《つぐ》んだけど、本当に何も無いのか？

再度、念押しでエリーとモニカに確認したが、使って構わないという回答だったので、早速使用する事に。

「《奴隷解放》」

スキルが発動すると共に淡い光が周囲を包み込む。

少しして光が収まると……大きなクッションの上でスヤスヤと眠る、小柄な女の子がいた。

見た感じは十三歳から十四歳といった所だろうか。

ニナよりも少し大きくて、リディアのように手足が細く、痩《や》せている。

だが茶色い髪の中――頭の上に大きな耳が付いているから、エルフではないと思う。

「……初めて見るが、獣人族のようだな」

「私も初めて見るわね」

「ニナは会った事があるよー。あのね、獣人族さんたちは、魔法は得意じゃないけど、その分、身体能力が高いんだってー」

聞けば、ドワーフの村の近くに、獣人族の村があり、普通に交流があったそうだ。

ちなみに、エルフのリディアも獣人族とは普通に会った事があるらしく、俺やエリーと同じく初めて見たというモニカが、マジマジと覗《のぞ》き込んでいる。

「ケモミミだと⁉　……くっ！　私にはどうしようもないチャームポイントか……」

良く分からない事を呟《つぶや》いているモニカはおいといて、俺も獣人族の少女に目を向けたのだが、

「……すぅ……」

周囲を取り囲まれて覗かれているのだが、獣人族の少女は気持ち良さそうに眠っていて、起きる気配がない。

「……寝ているな」

「そうですね……起こしますか？」

「いや、眠っているのを起こすのも可哀想《かわいそう》だろう。一先ずそのまま寝かせておいてやろう」

獣人族の少女は一旦《いったん》そのままにして、俺たちは開拓と洞窟《どうくつ》探索に分かれ、いつも通りの活動を行う事に。

とりあえず昼まで作業を行い、洞窟探索組共々、昼食の為に小屋へ戻ってくると、

「……まだ寝ているな」

獣人族の少女は、未だ眠っていた。

「そうね。けど、いくらなんでも寝過ぎじゃないかしら？」

「だが、これまで何をしていたか分からないからな。夜中に何かしらの作業をさせられていたとしたら、昼に寝るのも仕方がないだろうし」

「なるほどね。じゃあ、とりあえずご飯にする？」

「そうだな。悪いけど、頼むよ」

俺の言葉でエリーが納得してくれたので、リディアと共に食事を作り始めた。

その間に俺とモニカは、ニナに協力してもらって武器の手入れをする。

鍛冶スキルを持っているからか、ニナに手入れをしてもらうと、剣が新品のように綺麗《きれい》になっていく。

それから少しして、二人が料理を作り終えたので、皆で美味《おい》しい昼食を食べる事に。

ちなみに、この小屋には元々椅子が四つしかなかったので、五つ目は木で作った椅子もどき……

というか、木を輪切りにしただけの物だったりする。

今日で六人になったので、そろそろ椅子作りにトライしてみても良いかもしれないな。

そんな事を考えていると、

「……ん？　ごはん……？」

獣人族の少女が目を擦《こす》りながら、身体《からだ》を起こした。

小柄な少女が頭の上の獣耳をピクピク動かしながら、眠たそうに立ち上がり、俺たちへ顔を向ける。その際に、大きなクッションが浮かび上がり……なるほど。クッションだと思っていたのは、この少女の大きな尻尾《しっぽ》だったのか。

「起きたか……おはよう。俺はアレックス。君は……」

「きゃぁぁぁっ！」

「えぇっ⁉　待ってくれ！」

ボーッとしていた少女は目が合った途端に悲鳴を上げ、逃げる様にして小屋から出て行った。

「待て！　話を聞いてくれ……って、壁を乗り越えた⁉」

慌てて後を追うと、少女が俺の身長よりも遥《はる》かに高い石の壁を乗り越え、向こう側へ飛び降りてしまった。

その直後、

「いやぁぁぁっ！」

再び少女の悲鳴が響き渡る。

くっ！　おそらく、壁の外へ出た少女がシャドウ・ウルフに遭遇してしまったのだろう。

早く助け出さなければ！

「リディア！　石の壁を頼む！」

「は、はいっ！」

あっという間の出来事だったが、小屋から出て来たリディアに目の前の壁を消してもらう。

「助かる！　あと、さっきの女の子を助けている間に、シャドウ・ウルフが入って来ないように、一旦壁を塞《ふさ》いでおいてくれ！」

リディアに声を掛けながら堀を飛び越えると……少女の周りにシャドウ・ウルフが二体も居るだと!?　しかも、少女は恐怖で腰を抜かしているらしく、座り込んで動けそうにない！

くっ……間に合ってくれ！

「《ディボーション》」

「い、いやぁぁぁっ！」

シャドウ・ウルフの一体が少女の脚に噛《か》みついたものの、ギリギリでパラディンの防御スキルが間に合い、俺がダメージを肩代わりする事に成功した。

痛む脚を押してシャドウ・ウルフと少女の間に立つと、

「《ホーリー・クロス》」

パラディンの攻撃スキルで、一体のシャドウ・ウルフを倒す。

「お、お兄ちゃん！　左にっ！」

「ぐっ……」

残った一体が、鋭い爪を振り下ろしてきたが盾で防ぎ……

「《ホーリー・クロス》」

盾で体勢を崩した所へ攻撃スキルを放ち、無事に倒した。

ひとまず、治癒魔法で受けたダメージを回復させて、少女に向き直る。

「大丈夫か？」

「うぅ……ありがとう。食べられたかと思ったぁぁぁっ！」

余程怖かったのか、少女が俺に抱き付いて……というか、両手両足を使って、しがみ付いてきた。

あの壁を登る速さと、小柄な身体からは想像できないしがみ付きの強さ。そして大きな尻尾から想像すると、おそらくこの少女はリスの獣人族ではないだろうか。

「お兄ちゃん。ここ……どこなの？　起きたら、全然知らない場所なんだけど」

「ここは魔族領というところだ。俺のスキルで君は奴隷《どれい》から解放されたんだ」

「……え？　ど、どういう事？　でも、確かに牢屋《ろうや》が無いし、怖い人も居ない……大きな化け物は居たけど」

「あの魔物は、君が越えた壁を越えては来ない。少なくとも、あの壁の中に居れば安全だし、食べ物などもあるから、心配しないでくれ」

リディアが出す石の壁はかなり高く、まさか登れるとは思ってもみなかった。

この少女が自ら壁の外に出たり、一人で地下洞窟へ行ったりしない限りは、あの壁の中で魔物に襲われる事は無いだろう。

「えっと、あの、言う事を聞かなかったら、鞭《むち》で打たれたりしない？」

「そんな事、する訳ないだろ。というか、打たれた事があるのか⁉　治癒魔法で治すから、見せてくれ」

「あ、違うの。一緒に居た奴隷の人が鞭で打たれているのを見た事があって……」

「そうか。ここには、そんな事をする者は居ないから安心してくれ。あと、すぐに……とはいかないが、いつかかならず君を家に帰してみせるよ」

「ホントっ⁉　お兄ちゃん！　ありがとう！」

相変わらず、俺にしがみ付いたままだけど、少女が俺の胸から顔を上げ、可愛《かわい》らしい笑みを浮かべてくれた。

「俺はアレックスというのだが、君は？」

「ボクはノーラっていうの。お兄ちゃん、ありがとうっ！」

「ボク……って、男の子なのか？」

「ううん。女の子だよ？　ボク……って、変？　お兄ちゃんが嫌なら頑張って直すよ？」

「いや、全く変じゃない。ノーラは今のままで大丈夫だ」

リディアに再び石の壁を開けてもらい、ノーラと共に壁の中へ。

新たに仲間に加わる事となったノーラを、早速皆に紹介しようと思ったのだが、

「くっ……初対面なのに、だいしゅきホールドなんて！　この子、出来るっ！」

モニカがよく分からない事を言っている。

何となく、詳しく聞かない方が良さそうな気がしたので、そのままノーラを紹介する事に。

「ノーラ。さっき軽く話したけど、この地で一緒に暮らす仲間だよ」

「……リス耳族のノーラです。よ、宜《よろ》しくお願いします」

人見知りをするタイプなのか、俺の胸にしがみついていたノーラが、地面に下りずに俺の背中へ回り込む。

俺の背中にしがみ付き、チラッと顔だけ出して皆に挨拶《あいさつ》しているのだが、これは俺が懐かれているのか、リスの獣人族だけに、俺の身体が木の代わりにされているのか、どちらなのだろうか。

「私はエリーっていうの。ところで、ノーラちゃんはアレックスに随分と懐いているみたいだけど、何歳なのかしら？」

「ボク？　十五歳だよ？」

「……獣人族も私たち人間と同じで、十五歳で成人よね？　だったら、ノーラちゃんは、アレック

スに――男の人に抱き付くのは、少し控えた方が良いんじゃないかしら？」

「……お兄ちゃん。ダメ……なの？」

エリーの言葉で、ノーラが不安そうにギュッと力を込め、耳元で聞いてくる。

最初はすぐに逃げ出してしまった程だし、人見知りをしているのかもしれないな。

もしかしたら、リス耳族っていう種族自体が臆病《おくびょう》なのかもしれないし、奴隷にされていた間に、何かトラウマとなるような事があったかもしれないし、慣れたら離れるだろうから、暫《しばら》くは好きにさせてあげた方が良い気がする。

それに、ノーラは手と足を両方使って自ら俺にしがみ付いているから、おんぶの様に俺が手で支える必要が無いし、何より軽いしな。

「突然環境が変わった訳だし、不安もあるだろう。慣れるまではノーラの好きにして良いよ」

「……お兄ちゃん、ありがとう」

「アレックス。実は小さい方が……いえ、何でもないわ」

エリーが何かを言い掛け……言葉を飲み込む。

「くっ！　ケモミミの上に、ボクっ娘だなんて！　……こうなったら、ヤられる前にヤれ。この娘よりも先に既成事実を……」

続いてモニカが小声で何かを呟き、エリーも一緒に頷《うなず》いているのが気になるが……ひとまずモニカにエリー、リディアと、それぞれ順に自己紹介を行ってもらったのだが、

「最後はニナだねー！　ニナは十四歳だから、一番歳《とし》が近いし、仲良くしてねー！」

「え？　ニナって、十四歳だったのか⁉　でも、ジョブを授かっているし、成人だって言ってなかったっけ？」

「成人だよー！　ドワーフは十三歳でジョブを授かって、成人になるんだもん」

「知らなかった。種族によってジョブを授かる年齢が違うのか」

ニナの自己紹介で、思わぬ話が出てきた。

だけど、確かリディアが百六十歳で、人間に換算すると十六歳相当だと言っていた気がするな。

もしも、全《すべ》ての種族が十五歳でジョブを授かるなら、エルフは人間換算で一歳半ばにジョブを授かる事となってしまうか。

しかし、ニナの年齢には驚かされたが……何故か俺よりもエリーの方が驚いている。

「え、えぇっ⁉　ちょっと待って！　ニナちゃんって、成人なのっ⁉」

「そうだよー！　エリーには言ってなかったっけ？　ニナは大人だから、結婚だって出来るもん」

「けっ……結婚⁉」

エリーが何か言いたげに、口をパクパク動かしているが、声になっていないので何が言いたいのかは分からない。

改めて聞いてみたものの、何故かはぐらかされてしまい……一先《ひとま》ず恒例の自己紹介が無事に終了したところで、昼食の途中だった事を思い出した。

エリーとリディアが急いでノーラの分を用意してくれたんだけど、どういう訳かノーラが俺の背中から降りようとしない。

獣人族が食べられない物でもあるのかと思ったのだが、先程の自己紹介の時と同様に、ノーラがチラチラと料理を見ている気配がするし、ノーラの腹が小さくクゥーと鳴っている。

「ノーラ。これはノーラの分だから、食べて良いんだぞ？」

「……ボク、食べて良いの？」

「あぁ、もちろんだ。……あ、そうか。ノーラの椅子が無いのか。だったら、俺はもう殆《ほとん》ど食べ終わっているから、ここに座ろうか」

「……あ、あのね。ボク、お兄ちゃんの膝《ひざ》の上に座って食べても良い？」

これは、やはりリスの習性がノーラに残っているのかもしれないな。

ノーラは俺の事を木の代わりにしているようだし、棲家《すみか》となる木から離れると不安なのだろう。

「構わないぞ。こんな感じで良いか？」

「えへへー。お兄ちゃん、ありがとう！　……いただきまーす！」

ノーラを俺の膝の上に座らせると、パンを小さくちぎっては食べ、ちぎっては食べ……うん。何となくだけど、リスをイメージするな。

「……の、ノーラちゃんは子供。そう、子供なのよ……」

「……こ、ここへ来たばかりですしね。不安だから、アレックスさんの傍《そば》に居たいと思ってしまうのは仕方ありませんよね……」

「……羨《うらや》ましい。だが同じ事をしても能がない。ここは一つ、ご主人様に私の膝の上に座っていただくべきか……」

ノーラの食事の様子を見て、エリー、リディア、モニカが小声で何か言っているが、おそらく俺と同じ様な印象を抱いたのだろう。実際、ノーラはリス耳族だと言っていたし、わざわざ口に出して言わなくても良いな。

「ごちそうさまでした！　すっごく、美味《おい》しかった！」

「それは良かった。さて、全員食事を終えたし、作業の続きを……って、ノーラの役割を決めて居なかったな」

「役割？」

「あぁ。ここでは主に地上での開拓作業と、地下洞窟《どうくつ》での魔物の捜索を日々行って居るんだ」

ノーラにこの地の事や、開拓作業の具体的な内容、俺が魔物を食べる事で強くなれるという事を説明する。

獣人族は魔法が使えない代わりに、身体能力に優れているという話をニナから聞いているが……

ノーラは戦闘職という感じがしないんだよな。

「ノーラは十五歳だと言っていたが、何かジョブは授かっているのか？」

「ボク？　うん。カーペンターだよ」

「カーペンターという事は、大工か。ノーラは木材があれば家を作る事が出来るのか？」

「建築スキルがあるから、お手伝いしてくれる人が居れば作れるよ。あと、ジョブとは関係無しにリス耳族は木の加工が得意だから、簡単な家具とかならボク一人でも作れるかな」

「それは凄《すご》いな。皆、ちょっと相談があるんだが……この小屋に六人は狭くないだろうか」

この地にモニカが来て五人になってから……いや来る前からだが、小屋が狭いが為《ため》にニナが毎晩俺の胸の上で寝ており、リディアとエリーとモニカの三人も、ローテーションで俺の横で眠っている。

皆それぞれの作業で疲れているだろうから、普通に就寝出来る様に、二段ベッドを作って貰《もら》うなり、近くにもう一軒小屋を作ってもらって、分かれて眠るようにした方がよいのではないか……という話をしてみた。

その方が、皆がぐっすり眠れると思っての提案だったのだが、

「ご主人様。私は常にご主人様の身を案じており、何かあった時に、この身を挺《てい》して御守り出来るよう、近くで就寝させていただきたいです」

「そ、そうよ。私も何かあった時に、すぐアレックスと連携出来る方が良いと思うの。だから、別々に寝ると危険だわっ！」

「そうですね。お二人の意見に加えて、私は闇《やみ》が怖いので、すぐ傍でアレックスさんに守っていただかないと、不安で眠れません」

モニカ、エリー、リディアと、三人から立て続けに反対されてしまった。

……俺は、そんなに変な事を言ったつもりは無かったのだが。

「ニナはどうだ？　俺の胸の上じゃなくて、ちゃんとした所で寝たくないか？」

「んー、最近はお兄さんの上で寝るのに慣れたから、今のままで良いよ」

「だけど、眠り難いんじゃないのか？」

「ううん、大丈夫ー。お兄さんの匂《にお》いに包まれて眠っていると、安心するっていうか、落ち着く感じがするし」

匂いか。

……正直言って、臭いって言われなくて良かった。

もしもニナにそんな事を言われてしまったら、暫く立ち直れなくなるところだ。

本題とは全く関係ない所で、内心胸《むね》を撫《な》で下《お》ろしていると、ニナが悲しそうな顔を向けてくる。

「ねー、お兄さん。ニナ、今まで通り、お兄さんと一緒に寝たいよー」

「しかし、この小屋は六人で寝るには狭い気がするから、何かしらの対応が必要だと思うんだ。ノーラ、どう思う？」

「木材さえあれば、二段ベッドは作れるよ。ただ、毛布とかマットとかは作れないけど」

とりあえず木は沢山あるし、毛布はモニカが来た時に、タバサから追加で多めに送ってもらっている。

マットは諦《あきら》めるしかないが、狭い小屋だけど、二段ベッドにすれば多少寝る環境は改善されるのではないだろうか。

「ノーラ。悪いが二段ベッド作りを頼む。手伝えそうなのは……ニナは手先が器用だから参加してもらうとして、力が要りそうだから、俺も加わろう」

「ご主人様、私も手伝いますっ！　ご存じの通り、剣を振るっておりますので、腕力はあります！」

ノーラとニナに話をしていると、突然モニカが入ってきて、

「わ、私も手伝います！　疲れたらお水とかも要りますよね？」

「私もっ！　えっと、木を切るのに、攻撃魔法は便利よっ！」

リディアとエリーもベッド作りに加わると言う。

だが、エリーの攻撃魔法で木を切るという案はどうなのだろうか。木っ端微塵《みじん》にならないか？

「お兄ちゃん。大勢で来られても、ボク、困っちゃうよ」

「すまん。手伝ってくれる気持ちはありがたいんだが、ノーラが怖がっているから、モニカとエリーはいつも通りの活動で、リディアは一人だと魔力枯渇が起きてしまうから、食事の準備を頼む」

未《いま》だに俺の背中にしがみ付いているノーラの意見を優先し、慣れるまでだからとモニカとエリーを宥《なだ》め、それぞれの活動を行ってもらう。

俺は、以前にニナが作ってくれた斧《おの》を使い、先《ま》ず北の森から木を運ぼうと思ったのだが……ノー

ラとニナもついて来る……というか、ノーラは背中から離れてくれないだけだが。

ただ、せっかく大工のスキルを持つノーラが一緒に居るので、どの木が良いか聞いてみる。

「ノーラ。この木なんて、どうだろうか」

「凄く太くて大きいね！　けど、こんなに立派な木を、切っちゃって良いの？」

「あぁ。これはシェイリーという者が生やしてくれた木なんだ。どれだけ使っても、この場所ならすぐに再生出来るから、好きに使って良いと言われているんだ」

「木を生やすなんて、凄いんだね」

ただ木を生やして大きくするだけなら、リディアの精霊魔法でも出来るのだが、木を大切にするエルフだけあって、切ろうとすると物凄《ものすご》く悲しそうにされてしまう。

その為、木材として使うのはこの森の木に限定するという、暗黙のルールがあるので、後でしっかりノーラに教えておかなければ。

それから、何本かの木を小屋へ運ぶと、ノーラが器用に丸太を切っていく。

「お兄ちゃん。ちょっと、ここで寝転んでくれる？」

「え？　こうか？」

「うん。ちょっと待ってね……もう、大丈夫だよ！　お兄ちゃんがゆったり寝られる大きさにしておくね」

なるほど。俺の身長を測っていたのか。

ニナが大工道具や釘《くぎ》などを作ってくれたのだが、真っすぐな鉄の棒を作る事は出来ても、何も無しに正確な目盛りが刻まれた定規などは作れないもんな。

ただ、俺の身長に合わせせた分、木材が重くなってしまったようなので、運んだり組み立てたりというのは俺が担う事に。

途中、リディアがお茶を淹《い》れてくれたので、休憩を取りながら、三人で一緒に作業を進めていき……遂にベッドが完成した。

「お兄ちゃん。出来たよ！」

「ノーラは凄いな。上は落ちないように、ちゃんと柵《さく》もあるし、ハシゴまであるのか」

思っていたよりも早く完成した二段ベッドを眺め、素直に感心する。

俺の実家にあったベッドよりも大きく、しっかりしていると思える造りなので、マットレスさえあれば、売り物に出来るレベルだ。

「お兄ちゃんとニナちゃんが手伝ってくれたおかげだよっ！」

「そうだな。ニナも、手伝ってくれてありがとうな」

「えへへー。お兄さん、もっと褒めてー！」

ニナのリクエスト通り、褒めながら頭を撫でていると、ノーラもして欲しそうな目を向けてきたので、

「ニナもノーラも、ありがとうな」

「どういたしましてー！」

「うんっ！　ボク、お兄ちゃんの為に、もっと頑張るよっ！」

ニナと同じ様に頭を撫でてあげると、嬉《うれ》しそうに抱き付いてきた。

ノーラは、一緒に作業をしたからか、ニナに少し慣れたような気もする。とはいえ、未だに俺から離れてはくれないが。

「皆さん、お疲れ様です。お茶のおかわりを淹れましたので、休憩してください」

「ありがとう、リディア」

「いえ。ベッドを作っていただいて、こちらこそ、ありがとうございます。あと、夕食ももうすぐ出来ますので、少し待っていてくださいね」

ノーラとニナの三人でお茶を飲みながら、ベッドを眺めていると、丁度良いタイミングでエリーとモニカが帰って来た。

「ただいまー。アレックス、ベッドはどんな感じ？　……って、凄い！　もう完成したの⁉」

「あぁ、ノーラとニナが頑張ってくれたからな」

「なるほど。このサイズなら、ご主人様を真ん中に、三人が横になれる十分な広さですね。後は、どれだけ激しく動いても大丈夫かが気になりますが」

驚くエリーの横で、モニカが良く分からない事を言っているが……そんなに寝相が激しい者が居ただろうか。……あー、リディアは結構寝相が凄いか。

この魔族領へ来たばかりの、俺とリディアの二人しかいない頃《ころ》に、背中合わせで眠ったはずなのに、朝起きたらリディアが反対側に居たからな。

とはいえ最近はそんな事もないので、モニカの言っていた事は杞憂《きゆう》に過ぎないだろうが。

それから皆で夕食を食べていると、誰《だれ》がどこで寝るかという話になる。

「ボク、お兄ちゃんと一緒じゃないと眠れないと思う……」

「ニナも！　お兄さんと一緒に寝るっ！」

とりあえず、ノーラは来たばかりで不安だろうし、俺と一緒が良いというのであれば、それで良いだろう。

慣れるまでという条件付きでノーラの意見を優先し、女性陣で誰が何処《どこ》で寝るという話を決めていった結果、

「酷《ひど》い！　こんなの横暴ですっ！　ご主人様の夜のお相手は、私の仕事なのにっ！」

「アレックスは、まさか本当に小さい方が⁉　でも、ノーラちゃんが慣れるまでだって言っているし……」

後片付けや風呂《ふろ》を終えた後、就寝する時になって、上段のベッドからモニカとエリーの不満そうな声が聞こえてくる。

その一方で、

「お兄ちゃん、おやすみ」

「お兄さん、おやすみー！」

「アレックスさん。おやすみなさい」

俺の胸の上にしがみ付いたまま眠る事になったノーラと、左右にいるニナとリディアが、すやすやと眠りに就く。

結局、ノーラはお風呂を含めて俺から離れてくれず、作業を一緒にしたニナと、ご飯を作ってくれたリディアは大丈夫という事で、この配置となったそうだ。

「うぅ……ご主人様ぁーっ！」

「ノーラちゃんが慣れたら、絶対に場所を変えてもらうんだからっ！」

上で寝る二人が、ずっと何か言っている気がするのだが、リディアが風の精霊の力を使った防音魔法で上段のベッドを覆い……いつの間にか俺も眠ってしまっていた。

◇
◆
◇

フサフサした何かが俺の手を包み込んでいる。

いつまでも触れていたくなる、不思議な心地《ここち》良さがあり、そのフサフサを堪能していると、

「んぅっ……お、お兄ちゃん。あっ、あの、そこは……」

「アレックス！　ノーラちゃんに何をしているのよっ！」

エリーの大きな声で目が覚めた。

視界には俺の顔を覗《のぞ》き込んでいるエリーの顔が映り、左腕にはニナが抱きつく感触があって、右手には夢の中と同じフサフサした感触がある。

その触り心地が良いからか、無意識に右手を動かしてしまい、

「あぅぅ。お、お兄ちゃん！　そこ……」

顔を真《ま》っ赤《か》に染めたノーラが、期待と不安が入り混じったような瞳《ひとみ》で、ジッと俺を見つめていた。

「ノーラ？　あっ！　……すまん。無意識に尻尾《しっぽ》を撫でていたのか」

「だ、大丈夫。お兄ちゃんが触りたいのなら、ボク……いいよ」

「何がいいのよっ！　ほら、アレックスはノーラちゃんから手を離して、ノーラちゃんも起きて。ニナちゃんは……も、物凄く幸せそうに寝ているわね」

エリーが起こすのを躊躇《ちゅうちょ》する程、ニナがぐっすり眠っているようだが、既にリディアが朝食を作ってくれていたようで、テーブルからジト目を向けている。

おそらく、リディアが先に起きて食事を作り始めた所で、俺の上で眠っていたノーラが右側に落ちて、その時に尻尾が手に触れたのだろう。

というか俺は、ずっとノーラを触り続けていたのか!?

故意ではないもののノーラに謝り、ニナを起こしてテーブルへ。

朝食をいただきながら、今日は何をするかを話していると、

「アレックスさん。これまで南へ開拓を続けてきましたが、この小屋から距離が離れ過ぎていますので、そろそろ休憩地点のような物があると嬉しいです」

リディアから要望が出て来た。

「確かに一番南まで行って、また帰って来て……を繰り返すのは大変だよな。しかも、これから更に南へ進んでいく訳だし」

「休憩地点って事は、この小屋みたいな物があれば良いの？　手伝ってくれれば、ボク作れるよ？」

「ノーラは凄《すご》いな。しかし、ありがたいが……一つ問題があるんだよな」

「お兄ちゃん。問題って？」

「木材の運搬をどうしようかと思ってさ。ただでさえ遠いから大変だって話をしているのに、森は反対方向だからさ」

「そっかぁ」

シェイリーが作ってくれた森へ行き、斧で木を切り倒して、ノコギリで必要な形に切る。

ここまでの作業はニナが作った大工道具を使っているからか、非常に良く切れるし、実はそこまで苦ではない。

ただ、今のところ、その木材は俺が手で運ぶしかなく、一度に運べる量に限界があるんだよな。

まぁ俺が頑張れば良いのだが、それはそれでリディアの作業が止まってしまうし、運ぶ量がベッドの比ではないのが困った所だ。

「そうだ！　ノーラ。荷車とかって作れないかな？　それに木材を載せて俺が引けば、かなり効率が良くなると思うんだ」

「荷車かぁ。作った事はないけど、お兄ちゃんの助けになるなら、ボク作ってみるよ！」

おぉ。これは助かるな。

荷車があれば、一往復で運べる木材の量が数倍になるはずだ。

そんな事を考えていると、ニナから待ったがかかる。

「待って、お兄さん。それならいっその事、トロッコを作るのはどう？　鉄でレールを作って、森から南に敷いてあげれば、かなり運び易《やす》くなると思うよー」

「トロッコにレール⁉　それなら更に運搬効率が上がるが……かなり大掛かりにならないか？」

「平気だよー！　鉄さえあれば、ニナの鍛冶《かじ》魔法で簡単に出来ちゃうからねー！」

荷車と違って、トロッコだとレールが敷かれた場所しか行き来出来ないが、その運搬量は荷車を超える。

ただ、せっかくノーラが荷車を作ると言ってくれたのに、良いのだろうか。

そんな事を考えていると、考えが表情に出てしまっていたのか、ノーラから気にしないで欲しいと声をかけられてしまった。

「お兄ちゃん。家とか家具とかならボクは作った事があるんだけど、荷車は作った事が無いし、ニナちゃんのトロッコの方が沢山荷物を運べると思うんだ」

「そうか……わかった。では、今回はニナにトロッコをお願いしよう。西側の畑を壊さないように、北西の森から真っすぐ南にレールを敷いていこうか」

「わかったー。既に材料の鉄が幾つかあるけど、もっと沢山手に入れないとねー」

この話で、地下洞窟《どうくつ》組の目的が探索から鉄の採掘に代わり、ニナがエリーとモニカへ合流する事になって、地上組は俺とノーラとリディアの三人に。

「……って、あれ？　そういえば、モニカは？」

「あっ！　二段ベッドの上だから、起こすのを忘れてた！」

「じゃあ、俺が起こしてくるよ」

エリーはノーラの声を聞いて慌てて降りて来たらしく、モニカの事をすっかり忘れていたそうだ。

今朝《けさ》の尻尾事件を申し訳なく思いつつ、梯子《はしご》を数段登って、上のベッドに顔を出すと、

「おーい、モニカ。朝だ……って、すまないっ！　……だが、何故《なぜ》毛布も被らずに全裸なんだよっ！」

何故か下着すら着けていないモニカの身体《からだ》を、至近距離で見てしまった。

一先《ひとま》ず梯子を降りて話を聞いてみると、

「すみません、ご主人様。私は寝る時は全裸派なので」

とんでもない事実が判明してしまった。

「えっ!?　つまり昨夜、乳女さんとエリーさんは互いに全裸で……」

「どうして私まで全裸なのよっ！　というかモニカさんは、昨日《きのう》の寝る前も今朝も、ちゃんと服を

着ていたじゃないっ！」

あー、言われてみれば確かに。

以前に皆で眠っていた時は、ちゃんと服は着ていたな。

という事は、モニカは今朝起きてから服を脱いで、ずっとベッドで寝たフリを……一体何をしているんだ？

「そんな細かい事は、どうでも良いのです！　さぁご主人様っ！　こちらへ上がってきていただければ、このモニカが全力でご奉仕させていただきますっ！」

「アレックスさん。新しい家が完成したら、乳女さんはここに残して、皆で移動しましょう。ノーラさんに悪影響です」

「ボク？　よく分かんないけど、ボクはお兄ちゃんと一緒に居られれば良いよ？」

そう言ってノーラが駆けて来たかと思うと、昨日同様にしがみ付いて来る。

「じゃあ、食事の後片付けをしたら、それぞれ活動しようか。ニナは悪いが鉄の採掘を頼む」

「うんっ！　エリー、行こーっ！」

「そうね。新手が出なければ、私一人で十分だしね」

俺もリディアとノーラを連れ、開拓作業をする為《ため》に小屋を出る。

「待って！　今すぐ着替えるっ！　というか、ちょっと酷くないか⁉　エリー殿！　ニナ殿ーっ！」

モニカの叫び声を背中で聞きつつ、俺たちは南へ行き、開拓作業をする事に。

「うわぁーっ！　お兄ちゃん、凄いっ！　野菜がこんなに沢山出来てるっ！」

「あぁ、これは全《すべ》てリディアのおかげなんだ。昨日も、今朝も美味《おい》しい食事を食べられたのは、リディアの料理の腕が良いのと、こうやって作物を作ってくれているからなんだよ」

「そうなんだ！　リディアお姉ちゃん、ありがとうっ！」

三人で南に向かって歩いていると、途中にあったキャベツ畑や大豆畑を見たノーラがはしゃぎ、リディアの事をお姉ちゃんと呼びだす。

昨日はリディアさんと呼んでいたのに、随分と親しく……あっ！　もしかしてこれは、餌付けというやつだったりするのだろうか。昨日の夕食も、今朝の朝食もリディアが作っていたし。

そんな事を考えながら、現時点で一番南側の畑まで来ると、

「あっ！　あれって、もしかしてコーン!?」

「あぁ、そうだよ。……そうだ。俺とリディアはコーン畑のすぐ隣で作業をするから、ノーラはコーンの収穫をしてみるか？」

「えっ!?　いいの!?　やりたいやりたいっ！」

「じゃあ、コーンの収穫はノーラに任せた。俺たちはすぐ隣に居るから、何かあったら呼んでくれ」

「はーい！」

ノーラはコーンが好きなのか、俺から離れて一人でコーン畑の中へと入って行った。

リディアの精霊魔法で青々と育っているコーンは、小柄なノーラよりも……というか、俺よりも

背が高いので、ノーラの姿が全く見えなくなってしまった。

とはいえ、迷子《まいご》になるような広さではないし、すぐ傍《そば》に俺もリディアも居るので大丈夫だろう。

「よし、じゃあ俺たちは壁を広げていくか」

「はいっ！」

リディアに精霊魔法で壁の一部を消してもらい、現れたシャドウ・ウルフを俺が倒す。

ここ暫《しばら》く毎日行っている作業で、リディアをおんぶしながら魔力を分け、新たな壁を作って南へと活動範囲を広げていく。

その後は俺が土を耕し、リディアが作物を生やしていくという、いつも行っている慣れた作業のはずなのだが、何故か今日はリディアの様子がおかしい。

「リディア。大丈夫か？」

「えっ⁉　な、何でしょうか⁉」

「いや畑を耕し終えたんだが、話し掛けてもボーッとしたままだからさ。顔も赤いし、もしかして熱でもあるのか？」

リディアをおんぶしたまま、肩越しに顔を覗き込んでいると、ゆっくりとリディアの顔が近付いてくる。

何をする気なのかと思っていたら、いつの間にか視界がリディアの顔で覆われ、唇に柔らかい何かが触れていた。

「――っ⁉　リディア⁉」

今のって、キス……だよな⁉

突然の事に驚いていると、顔を真っ赤《まか》に染めたリディアが、再び唇を重ねてきた。

しかも、今度は口の中に何かが入って来る。

一体何がどうなっているのか、一先ずリディアから顔を離す。

「……り、リディア？　えっと、今のは……」

偶然唇が触れてしまった……という訳では無いよな？

リディアが俺の事を、男として見てくれているという事だろうか。

リディアは綺麗《きれい》で可愛《かわい》らしく、家事も出来る上に、ここへ来てからずっと俺を支えてくれている。

なので、そのリディアが俺をそういう目で見てくれているというのであれば、断る理由なんて何一つとして無いのだが、

「い、今のはエルフの習慣ですっ！　アレックスさんが私の事を心配してくださったので、その感謝の気持ちを行動で示しただけなんです！」

「習慣？　エルフの？」

「は、はいっ！　とはいえ、親しい仲でしかしませんし、もちろん私は初めてですが……その、とにかくアレックスさんへ感謝しているという事です」

どうやら俺の勘違いだったらしい。

行為としては、完全にキスなのだが、エルフの文化はまた俺たちとは違うようだ。

完全に誤解して、リディアと恋人同士になるのかと思っていた自分を戒めていると、

「え？　あ、アレックスさん⁉」

突然俺の身体が光りだす。

「これは……エクストラスキルの《捕食》が発動しているのか⁉」

新たな種類の魔物を食べた時に発動する捕食の淡い光が、俺の身体を包み込み、暫くして消えた。

何故だ？　何も食べていないのに、どうして今、捕食スキルが発動したんだ？

先日、オークキングの料理を食べた時の様に、身体の内から力が湧《わ》いて来るような感覚があるので、捕食スキルが発動している事は間違いなさそうだ。

「あっ！　アレックスさん。も、もしかしたら、キスしたら強くなるスキルというのをお持ちなのでは⁉」

「え⁉　流石《さすが》にそんなスキルは無いと思うんだが」

「ですが、奴隷《どれい》を解放して呼び寄せるスキルや、魔物を食べて強くなるスキルも聞いた事がありませんよ？」

「まぁ……確かに」

そもそも、エクストラスキルなんてものが存在する事すら知らなかった。

この世界には、想像も出来ないようなスキルが存在している可能性はあるか。

「論より証拠です。アレックスさん。私が協力致しますので、確認しましょう」

「スキルの確認は助かるが……しかしリディアはいいのか？」

「はい、もちろんです。むしろ嬉《うれ》し……げふんげふん。先程、アレックスさんとは既にしておりますし、何回しても大丈夫ですよ」

そう言って、リディアが俺の背中から降りると、今度は正面へ。

先程はリディアから不意打ちでされたけど、今度はキスをすると宣言している。

正直言ってかなり恥ずかしいのだが、それはリディアも同じようで、エルフ特有の尖《とが》った耳の先まで真っ赤に染まっている。

「あ、あの……どうぞ」

そう言って、リディアが目を閉じ、顎《あご》を上げたので、今度は俺からしないといけないようだ。

だが捕食スキルが発動した理由を調べる為に、リディアがここまでしてくれているのだから、俺が躊躇《ちゆうちよ》してどうする！

献身的なリディアの気持ちを無駄にしない為にも、俺は全力でリディアに……どうだっ！

「あ、アレックスさん……凄《すご》いです」

先程リディアが俺の口の中に入れて来た物が舌だと考え、俺も全力で同じようにしてみた。

その結果、リディアが凄く熱っぽい瞳《ひとみ》で俺を見つめてくるのだが……もしかして、やり過ぎたか⁉

しかし……先程と違って身体が全く光らないのは何故《なぜ》だ？

暫く見つめ合っていたのだが、何も起こらない事にリディアも気付いたようで、

「あの……もしかしたら、アレックスさんからではなくて、私からするのが条件なのでは？」

「そうなのか？　まぁ確かにさっき光った時はそうだったな」

「で、では今度は私から……アレックスさん。失礼します」

再びリディアからキスをしてくれたのだが、先程よりも、かなり情熱的なキスだというのに、身体は光らない。

もしかして、捕食スキルが同じ魔物を食べても効果が無いように、キスで発動するのも最初の一回だけなのだろうか？

そんな事を考えていると、

「あぁーっ！　お兄ちゃんとリディアお姉ちゃんがチューしてるーっ！」

横手から大きな声が聞こえてきて……両手いっぱいにコーンを持ったノーラが思いっきり俺たちを見ていた。

「お兄ちゃんとリディアお姉ちゃんは、恋人同士だったんだ……」

何故か泣き出しそうになっているノーラに、どう説明しようかと思ったところで、

「ち、違うんですっ！　これは……確認なんですっ！　アレックスさんのスキルの！」

「確認？　スキル？　どういう事なの？」

「どうやらアレックスさんは、キスすると強くなるスキルをお持ちのようなのですが、どうやったらそのスキルが発動するか分からず、それを確認する為に、僭越《せんえつ》ながら私がキスのお相手を務めさせていただく事にしたんです。ですので、決して私とアレックスさんは不埒《ふらち》な関係ではなく、至って健全であって……」

パッと俺から離れたリディアが、めちゃくちゃ早口で話し始めた。

凄《すご》く必死になってスキルの為だと言っているし、やはり俺は変に勘違いしてはいけないみたいだな。

そう、リディアはあくまで俺のスキルの為にキスしてくれたんだ。

……ちょっと寂しい気もするが、事実なので致し方ない。

「えっと要は、お兄ちゃんはチューすればする程、強くなれるって事だよね？」

「いや、それを確認していた訳で、まだ確かではないんだが……」

「じゃあ、お兄ちゃん。ボクとチューしよっ！　ボクはお兄ちゃんが大好きだから、チュー出来て嬉しいし、お兄ちゃんは強くなれて嬉しい。ボクもお兄ちゃんも、どっちも幸せだよねっ！」

えっ⁉　いや、ノーラは未《いま》だ子供……いや、成人はしているのか。

だけど、リディアは習慣的な理由で既にキスをしていたものの、ノーラは……

「んー……っ！」

「あっ！　そんな……」

「えへへ、お兄ちゃんとチューしちゃった！　ボクの初めてのチューだよっ！」

素早い動きで俺に飛び付き、あっという間に唇を重ねられてしまった。

何故かリディアが悲しそうにしているのだが、あれ？　あのキスは捕食スキルの確認の為《ため》……だよな？

「あら？　……アレックスさんが、光りませんね」

「お兄ちゃんが光れば成功なの？」

「あぁ、《捕食》というエクストラスキルが発動している事になるんだ」

ノーラにキスされたものの、今回はエクストラスキルが発動しない。

正面からだと、ダメとかっていう変な発動条件があるのか？

「あっ！　もしかして、アレックスさんのファーストキスだけ発動するとかではないですか？」

「それなら、幼い頃《ころ》にエリーからされた事があるし、違うんじゃないか？」

「えっ!?　エリーさんは、アレックスさんとキスしたんですかっ!?」

「まぁ、五歳とか六歳の頃だし、エリーも覚えてないと思うがな」

確か、ままごとに付き合わされて、エリーがお母さんで、俺がお父さん。で、両親は子供に隠れてキスをしたりするものだと。

今なら突っ込めるが、エリーの親御さん……娘に色々見られているぞ？

「むー……どうしてボクだと光らないんだろ？　そういえば、お兄ちゃんとリディアお姉ちゃんは、チューしながらモゴモゴしていたけど、アレは何なの？」

「あぁ、あれは舌を……」

「舌？　あ！　こうかな？」

俺が話している途中でノーラが再び唇を重ねてきたかと思うと、リディアと同じように舌を入れて来て……

「うぅ。ノーラさんまで……って、アレックスさん！　光っています！」

どういう訳か、舌が入って来ると、捕食スキルが発動するようだ……って、どんな発動条件なんだよっ！

リディアに続いてノーラともキスする事になってしまったが、あくまでもリディアはエクストラスキルの為で、ノーラは無邪気に俺たちの真似《まね》をしただけだと、自分を戒める。

そうでなければ、先程リディアの行為を俺への好意だと勘違いしてしまったように、同じ事をしてしまいそうだからな。

「ん……。お兄ちゃん……」

とはいったものの、

「ノーラさんっ⁉　もうアレックスさんが光ったのですから、それくらいにして、代わって下さいっ！」

ノーラが暴走気味なのだが、大丈夫か⁉

とりあえず、ノーラに一旦《いったん》離れてもらい、リディアを制して考える。

身体が光った時の感覚からして、これは新たな魔物を食べた時に発動する捕食スキルで間違いないだろう。

だが、何故舌を入れられると発動するんだ？

俺の口の中へ何かが入って来る事が条件なのか？

今まで捕食スキルが発動したのは、肉を食べた時と、舌を入れられた時で……あ、そういう事か！

「おそらく、体液か……」

「ど、どういう事ですか⁉　アレックスさん」

「あぁ、魔物を食べると強くなる《捕食》スキルだけど、どうやら魔物以外にも有効らしく、さらに唾液《だえき》でも発動するみたいなんだ」

「唾液……なるほど」

ただ思うのは、この捕食スキルは強い魔物を食べればより強くなるらしいのだが、果たしてリディアとノーラの唾液の場合、どうなるのだろうか。

それと、このスキルで一番力を得たと思ったのは、初めて発動した時……アサシン・ラビットを食べた時なんだよな。

で、次いでオークキングの肉を食べた時。こっちはS級で妥当なのだが、どうしてアサシン・ラビットが一番強くなったんだ？

……自分でも知らない内に、アサシン・ラビットの前に何か食べていたのか？

「ねぇ、お兄ちゃん。もっとチューしよー」

「待った。とりあえず《捕食》スキルの発動条件が分かったから、もう大丈夫だぞ？」

「それはリディアお姉ちゃんの話でしょ？　ボクはお兄ちゃんが好きだからチューしたいのー」

「いや、ノーラ……っ！　一旦落ち着こう。これで最後だ」

「……ふぅ。じゃあ今は、さっきので最後ね。また後でね」

そう言いながら、ノーラが抱きついてきたのだが、これまでしがみ付いていた時よりも、微妙に顔が近い気がするのだが。

「リディア。とりあえず、新しい畑に作物を植えて、小屋に戻ろうか……リディア？」

「わ……私も、アレックスさんともっとキスしたいですっ！」

「わっ！　リディアお姉ちゃん⁉　強引過ぎるよっ！」

リディアと俺でノーラを挟み込む形になりながら、キスをされてしまい、ノーラが苦しそうなので一旦離れる。

「リディア。さっきも言ったが、《捕食》スキルの事なら……」

「お兄ちゃん、鈍過ぎるよー。リディアお姉ちゃんも、ボクと一緒で、お兄ちゃんの事が大好きなんだってば」

「えぇっ⁉　そ、そうなのか⁉　だが、さっきは……」

ノーラの言葉に驚きつつ、リディアに目を向けると、

「さ、さっきのは恥ずかしかったからです。わ、私はアレックスさんの事が好きなんですっ！」

顔を真っ赤《まか》に染めたリディアが再び走り寄って来た。

今度は、これを予想していたかのようにノーラが俺から離れ、リディアに思いっきり抱きつかれながらキスをされる。

「ねー、二人とも。そろそろ、小屋に戻ろうよ。あと、ボクもお兄ちゃんの事が好きだから、リディアお姉ちゃんが独り占めしちゃダメだからね？」

暫《しばら》くしてから、ノーラが俺とリディアの間に入って来る。

「とりあえず、収拾が付かないし、ノーラの言う通り、一旦戻ろうか」

「はい、わかりました」

「うん。ごはん、ごはんー」

来た時と同じようにノーラが俺にしがみ付き、リディアと手を繋《つな》いで小屋に向かって歩きだす。

今回の件もあってか、ノーラがリディアと親しくなったように思える。

一緒に生活をする仲間同士の仲が良くなるのは喜ばしい事なのだが、今回のこれは良かったのだろうか。

普通は男女が一対一というか、少なくとも俺はそうあるべきだと思っているのだが、二人はどう思っているのだろう。

そんな事を思っていると、

「あ、言い忘れていたけど、ボクはお兄ちゃんを独占しようとは思ってないからね？　ボクは、大好きなお兄ちゃんと一緒に居られれば良いんだもん」

「わ、私は……いえ、だ、大丈夫です。ノーラさんと三人で、一層アレックスさんとの仲を深めていければと……」

俺が悩んでいるように見えてしまったのか、ノーラやリディアから先に言われてしまった。

一先《ひとま》ず、経緯はどうあれ、二人が俺を好きだと言ってくれているのだから、俺は全力で二人の想《おも》いに応《こた》えていこう。


俺の心も決まったところで小屋に着き、モニカ、エリー、ニナの三人に出迎えられる。

「おかえりなさいませ。ご主人様。先ずはお食事に致しますか？　それとも、お風呂《ふろ》ですか？　もしくは、この私を……おふっ！」

「どうして、そこでモニカさんは脱ごうとするのよ！　……あ、もうお昼ご飯出来ているわよ」

「おかえりー！　お兄さんたち、遅いよー！　見てみてーっ！　エリーたちのお陰で、いっぱい鉄が手に入ったんだー！」

ニナがドワーフ特有の鉱物専用ストレージスキルから、鉄鉱石を幾つか出して見せてくれた。

この鉄の塊から、どれくらいのレールが作れるのかは俺には分からないが……うん。捕食スキルの話は、どうしよう。

リディアとノーラの事ばかり考えていて、捕食スキルの事をどう説明するか、少しも考えていなかった。

どうしたものかと考えながら昼食を食べ終え、後片付けを済ませると、

「ご馳走様《ちそうさま》でしたっ！　ねぇ、お兄さん。鉄が沢山採れたし、ニナはこれからレール作りで良いかなー？」

「そ、そうだな。悪いが宜《よろ》しく頼む」

ニナの希望で、午後からは地上でのレール作りへ取り掛かってもらう事に。

だが、今回は大量にレールを作るので、そこまで消費が激しくないニナの錬金魔法でも、魔力枯渇が起こってしまうかもしれないそうだ。

「という訳で、ニナはお兄さんの近くでレールを作るね」

「分かった。俺たちは南の方で作業をするが、レールも南側まで敷く必要があるし、構わないんじゃないか？」

「わーい！　お昼からは、お兄さんと一緒だー！」

ニナが無邪気に喜んでいると、

「くっ……最も危険なニナ殿が、ご主人様の傍《そば》に……」

「えぇ……要注意ね」

モニカとエリーが小声で何か言いながら、地下洞窟《どうくつ》へ出発して行った。

結局、捕食スキルについても、リディアとノーラとの事についても話せなかったな。

一緒に生活していくのだから、あまり隠し事などはしたくないのだが、どうすれば良いだろうか。

俺たちも、色々あったせいで午前の作業が終わっていないので、答えが出ないまま再び南へ向かっていると、

「ノーラは抱っこしてもらって、リディアも手を繋いで……ニナも、お兄さんと手を繋ぐっ！」

すかさずニナが小さな手で俺の右手を握ってきた。

ここまでは別に良かったのだが、

「あ、そっか。ニナちゃんも、お兄ちゃんの事が好きなんだよね？」

「えっ？　……う、うん。好き……だよ？」

「あのね、さっきノーラとリディアお姉ちゃんは、お兄ちゃんの恋人にしてもらったの」

「……ど、どういう事っ⁉」

「こういう事だよー」

俺にしがみ付いていたノーラが、素早く唇を重ねてきた。

「あっ！　ノーラさん。独り占めはダメですよっ！　アレックスさん、私ともキスしてください」

「……という訳なの」

「えっ⁉　えぇっ⁉　……に、ニナもっ！　ニナだって、お兄さんの事が好きだし、仲間ハズレは

イヤーッ！」

ノーラとリディアにキスされた後、ニナがノーラみたいに飛び付いて来た。

このまま落とす訳にもいかず、ニナの身体《からだ》を支えると、ノーラよりも小さな唇を押し付けてくる。

どうしてこうなってしまったのか。

「ニナちゃん。お兄さんの口の中に舌を入れて絡めると、すっごく幸せな気持ちになれるよー」

ノーラが無邪気にアドバイスをして、ニナが素直に実践し……あ、淡く光りだした。

「……お兄さん。これ、凄《すご》いね。もっと……」

「ニナさん。それくらいで……そろそろ代わって下さい」

「待って！　ニナちゃんの次はボクだからねっ！」

まだ南の畑へ辿《たど》り着《つ》いてすらいないので、一旦三人を制止する。

「三人とも、一旦落ち着こう。俺たちにはやるべき事があるんだしさ」

「はーい。じゃあ、お兄さん。また後でしようねー」

「……ノーラとリディアには確認したが、ニナは良いのか？　その、こんな状況で」

「うんっ！　だって、ニナは仲間ハズレがイヤだもん。皆と一緒が良いんだもん！　……でも、お兄さんを好きな気持ちは、仲間ハズレとか関係ないからね？」

ニナとも恋人関係になってしまった。

それからは、時々……いや、結構キスを求められつつ、新しい畑に作物を植え、収穫し、ニナが細長いレールを作成していく。

「お兄さん……えへへ。えっとねー、沢山レールを作ったから、次はこれを敷いていくのを手伝って欲しいんだー」

リディアに西側の壁を開けてもらい、ニナが作った長いレールを運んでいく。

時折現れるシャドウ・ウルフをサクッと倒し、敷いたレールの外側へリディアに石の壁を作ってもらったので、いよいよ次は木材運びだな。

とはいえ、今日はもう日が暮れて来たので作業は終わりだが。

「そろそろ切り上げようか」

小屋に戻ると、既にモニカとエリーが帰っていて、先ずは皆でお風呂へ……って、ニナもノーラも全裸の時に抱き付くのはダメだっ！

リディアは控えてくれているが、その隣に居るエリーの視線が冷た過ぎるっ！

一先ず皆で風呂を上がって夕食となったのだが、

『ニナちゃんとノーラちゃんと裸で抱き合うって、どうなの？』

口には出していないものの、付き合いが長いからか、エリーの視線で何を言いたいのかが、概《おおむ》ね分かってしまった。

捕食スキルの事を話せる感じが全くしないのだが、一つだけ言わせて欲しい。

確かに俺は、風呂でニナとノーラから抱きつかれたが、断じて俺から何かした訳ではないんだ！

抱きつかれただけであって、抱き合ってはいないんだっ！

……と、心の中で思っていたのだが、

「お兄ちゃん、おやすみ……んっ」

「お兄さん、おやすみー……えへへー」

「アレックスさん。おやすみなさい……っ」

昨日《きのう》と同様に、リディアが風の魔法で上のベッドの音を遮断した後、三人からキスの嵐《あらし》に。

三人とも、そろそろ落ち着いてくれよ。

挿話三　久々にアレックスと二人っきりになったリディア

「うわぁーっ！　お兄ちゃん、凄いっ！　野菜がこんなに沢山出来てるっ！」

「あぁ、これは全《すべ》てリディアのおかげなんだ。昨日も、今朝《けさ》も美味《おい》しい食事を食べられたのは、リディアの料理の腕が良いのと、こうやって作物を作ってくれているからなんだよ」

「そうなんだ！　リディアお姉ちゃん、ありがとうっ！」

ノーラさんが南の畑を見て、アレックスさんから料理が上手だって褒められてしまった。

ふふっ。やっぱり好きな人に私が作った料理を食べて貰《もら》えて、美味しいと言ってもらえるのは幸せな気分になれる。

ついで……とまでは言わないけれど、アレックスさんの分と一緒に皆の分も作って、喜んで貰えるというのは作った甲斐《かい》があるかな。

ただ、料理に喜んでもらえるのは良いのだけど、ノーラさんがアレックスさんにくっつき過ぎているのは正直言って困る。

とはいえ、エリーさんやモニカさんとは違い、ただ純粋に人見知りで、アレックスさんに甘えているのだと思うけど。

エリーさんは確実にアレックスさんを狙《ねら》っているし、モニカさんに至っては隠す気すらなさそうで、露骨に誘惑しようとしている。

くっ！　私も二人のように胸があれば……い、いえ。アレックスさんは女性を外見で判断するような人ではないはず！

だから、種族は違うけど、私にだってアレックスさんから選んでいただけるチャンスはあるはずよっ！

そんな事を考えていると、

「あっ！　あれって、もしかしてコーン⁉」

ノーラさんがアレックスさんから離れ、一人でコーン畑の中へと入って行った。

「よし、じゃあ俺たちは壁を広げていくか」

「はいっ！」

精霊魔法で壁の一部を消すと、現れたシャドウ・ウルフをアレックスさんが一撃で倒し、おんぶしてもらって魔力を分けてもらって……って、ちょっと待って。

今の状況って、アレックスさんに奴隷《どれい》から解放してもらった頃以来となる、貴重な二人っきりの時間じゃない！

あの頃《ころ》は、私とアレックスさんの二人だけの空間だったから、ゆっくり距離を縮めていこうと思っていたけれど、その後ニナさんが来て、今のノーラさんみたいに無邪気にべったりくっつかれてしまった。

その後も、明らかにアレックスさんを狙っているエリーさんが来て、露骨に露出の激しい乳女さんが来て……アレックスさんと二人っきりでお話が出来る機会なんて、本当に無かった。

ど、どうしよう。

このビッグチャンスを、どう使うのがベストなのかしら。


その一、ストレートに結婚して欲しいと気持ちをお伝えする。……成功すれば最高だけど、ダメだった時に、どこかへ身を隠す事も、ここから離れる事も出来ず、最悪な事になってしまうのでリスクが高すぎる。

その二、今ここで愛してもらう。……どこかの乳女さんみたいでイヤ。しかも、最中にノーラさんが来てしまったら、誤魔化《ごまか》しようがない。何より、初めてはもう少しムードがある場所がいいし、段階を飛ばし過ぎている。

その三、とにかく親睦《しんぼく》を深める。……無難と言えば無難。だけど、せっかくのチャンスを無駄にしてしまう気がする。


うぅ……ろくな案が浮かばない。もっと、事前に作戦を練っておくべきだった。

というか、一つ目と二つ目の案は絶対にダメでしょ。

消去法で三つ目の案しか無いんだけど、今現在おんぶしてもらっていて密着しているし、既にお風呂《ふろ》へ一緒に入っていて、夜はアレックスさんに寄り添って眠っている。

これ以上に親睦を深めると言ったら……キスかしら？　でもこれって、一つ目の案にかなり近い気がする。

私からキスすれば出来るだろうけど、その後はどうすれば良いのっ⁉

「……ディア。大丈夫か？」

「えっ⁉　な、何でしょうか⁉」

今何をすべきかを考え過ぎていたせいで呼ばれていたのに気付けず、慌ててアレックスさんの顔のすぐ横へ、私の顔を突き出し、話を聞くという姿勢を取ると、

「いや畑を耕し終えたんだが、話し掛けてもボーッとしたままだからさ。顔も赤いし、もしかして熱でもあるのか？」

アレックスさんが私に顔を向けて話し始めた。

壁を作り終えているのに、ずっとおんぶしてもらったままなので、文字通り、目と鼻の先にアレックスさんの顔がある。

三つ目の案――アレックスさんとキスすれば、二人の関係は大きく進展するけど……

「――っ⁉　リディア⁉」

あ、あれ⁉　気付いたら、アレックスさんにキスしちゃってた！

アレックスさんが驚いて唇が離れたけど、一度したならもう一回しても良いわよねっ！　開き直って、アレックスさんの背中から身を乗り出す勢いで、凄く長いキスを……というか、初めてだったけど、強引に舌も入れてみた。

これが大好きな人とのキス。……凄く、凄くいいっ！

長かったのか短かったのかは分からないけれど、再びアレックスさんが口を離し、

「……り、リディア？　えっと、今のは……」

顔を赤らめ、困惑した表情で私を見つめて来る。

ど、どうしよう！　好きって言っちゃう⁉　というか、私からキスしたし、言ったも同然よね⁉　いくら超鈍感なアレックスさんでも、流石《さすが》に気付いてくれるはず！

だけどアレックスさんの表情は……困っている？　それとも、突然の事で驚いているだけ？　な、何て言うべきだろう。えっと、えっと……

「い、今のはエルフの習慣ですっ！　アレックスさんが私の事を心配してくださったので、その感謝の気持ちを行動で示しただけなんです！」

「習慣？　エルフの？」

「は、はいっ！　とはいえ、親しい仲でしかしませんし、もちろん私は初めてですが……その、とにかくアレックスさんへ感謝しているという事です」

……私は何を言っているのっ⁉　エルフの習慣って何⁉　エルフに感謝でキスする習慣なんて無

いし、仮にあったとしたら、どれだけ破廉恥な種族なのよっ！

もうキスまでしたんだから、素直に好きだって言えば良かったのにっ！

アレックスさんとキス出来て嬉《うれ》しい気持ちと、意味不明な言い訳をしてしまった後悔とが混ざり、何とも微妙な気持ちでいると、

「え？　あ、アレックスさん⁉」

突然アレックスさんの身体《からだ》が、淡く光り始めた。

「これは……エクストラスキルの《捕食》が発動しているのか⁉」

アレックスさんの捕食スキルは、魔物を食べると、強くなるというスキルのはず。

魔物ではないけれど、私はエルフなので、人間であるアレックスさんとは異なる種族だ。

もしかして捕食スキルって、魔物以外でも発動するの⁉　けど私、アレックスさんに食べられたりしていないわよ？

「あっ！　アレックスさん。も、もしかしたら、キスしたら強くなるスキルというのをお持ちなのでは⁉」

もしかしたら、別の凄《すご》いスキルっていう可能性もあるわよね？

「論より証拠です。アレックスさん。私が協力致しますので、確認しましょう」

アレックスさんの背中から降りると、正面へ回る。

「あ、あの……どうぞ」

さっきは私からだったけど、こう言っておけば、きっとアレックスさんからしてくれるはず！

目を閉じて顔を上げると、アレックスさんがキスしてくれるのをジッと待つ。

さぁ、アレックスさん。今度はアレックスさんから……来たっ！

自分からするのと、されるのとではまた違って……これは、凄いっ！

「あ、アレックスさん……凄いです」

私とアレックスさんの舌が絡み合って……もうダメ。こんなのを知ってしまったら、我慢出来なくなる。

毎日……ううん。いつでもキスして欲しい。

アレックスさん、大好きですっ！

第四話　捕食スキルで得た力

「お兄ちゃん、おはよー！」

「お兄さん……おはよ」

翌朝。俺の右隣と左隣に居る、ノーラとニナに抱きしめられて、目を覚ます。

「アレックスさん。おはようございます」

「アレックス、おはよ。もうすぐ朝食が出来るわよ」

「皆、おはよう」

既にリディアとエリーが朝食を作ってくれているらしく、美味しそうな匂《にお》いが鼻をくすぐってくる。

ノーラやニナと共にベッドから出ると、

「おはようございます、ご主人様」

「おはよう、モニカ」

「お飲み物は何が宜《よろ》しいですか？　オレンジジュースとアップルジュースがございますが」

メイド服姿のモニカがテーブルの傍《そば》に立ち、メイドさんみたいな事を聞いてきた。

「モニカ、どうしたんだ？」

「いえ、ご主人様に仕えるメイドとして、お飲み物を用意しようとしているだけですが？」

「……じゃあ、オレンジジュースで」

「畏《かしこ》まりました……はぁっ！」

モニカがどこからともなくコップとオレンジを取り出し、気合を入れてオレンジを絞りだす。

固く握られたモニカの手から、オレンジの果汁がコップに注がれると、俺の前に差し出された。

「お待たせしました。オレンジジュースです」

「って、今絞るのかよ！　というか、そんなの俺がやるぞ？」

「だ、ダメですっ！　私の……メイドとしての仕事がっ！」

いや、メイドさんは握力だけでオレンジを絞ってジュースを作ったりしないと思うんだが。

……もしもアップルって答えていたら、それも手で絞っていたのか⁉

オレンジはともかく、アップルは女性では無理があるぞ⁉

「モニカはどうして急にこんな事を始めたんだ？　今までも、こっそり掃除をしてくれていたじゃないか」

「あ……気付いていらしたのですか？　……くっ！　でしたら、私にも何かご褒美をっ！」

「えぇっ⁉　ご褒美って、何の話なんだ⁉」

昨日《きのう》の寝起き――全裸スタイルとのギャップが激し過ぎて困惑していると、物凄《ものすご》いジト目のエリーが、モニカの行動について説明してくれた。

「……昨日、ニナちゃんとノーラちゃんが、アレックスと更に距離が近くなっている気がしたんですって。それでモニカさんも、アレックスと仲良くなりたいみたいよ？」

「そういう事です。ご主人様。私もご主人様に抱きつきたいです！」

えぇ……ニナやノーラが抱きついてくるのと違って、モニカが抱きついてくるのは色々と問題がないか？

実際、エリーの目が物凄く冷たいしさ。

だがこれは、昨日の風呂で、ニナとノーラが裸で抱きついてきた事が、まだ引きずられているのか。

この状態で捕食スキルのもう一つの発動方法について話しても、エリーやモニカが信じてくれないように思える。

「すまん。俺はモニカと仲が良いつもりだったのだ……もしかして、モニカはそう思ってくれていないのか？」

「い、いえ、違います！　そういう訳ではないのです！　その、私も……ニナ殿やノーラ殿のように、ご主人様と裸で抱き合いたいだけなんです！」

「いや、それは普通にダメだろ」

「えぇっ!?　そんなっ！」

しかし、モニカがニナたちと同じ事をしたいというのは何故《なぜ》だ？　理由もニナと一緒で、仲間外れが嫌……なのか？

ただ、ニナやノーラがお風呂で俺にじゃれつくのはともかく、モニカが裸で抱きついてきたら、俺の理性が敗北してしまいかねない。

今の胸を強調したメイド服でさえ、俺にとっては刺激が強く、聖騎士の精神修行だと考えて、何とか平常心を保っているというのに。

それに、ノーラは俺とリディアがキスしている所を見てマネをしてきたし、そんな所を見られたら笑えない事になってしまう。

……よし、この話は忘れよう。危険過ぎる。

「ごちそうさまでした」

朝食を食べ終えてもエリーはジト目のままだし、これではいつまで経《た》っても説明が……そうだ！

「今日の活動だが、シェイリーの所へ行く用事があるんだ。エリーとモニカが一緒に行くとして、ノーラはまだシェイリーに会っていないよな？」

「うん。ボク、シェイリーっていう人は会った事ないよ」

「じゃあ、ノーラも行こうか。となると、残るのはリディアとニナだが……」

最後まで言い終える前に、リディアが寂しそうな眼差《まなざ》しを向けてくる。

「私も行きますっ！」

「お兄さん。ニナも一緒に行くからねー！」

リディアとニナも、一緒について行くと手を挙げたので、結局全員でシェイリーのところへ行く事に。


地下洞窟《どうくつ》へ入ると、先頭を俺とモニカが進み、すぐ傍にニナ。ノーラは俺の背中にしがみ付いていて、最後尾をリディアとエリーという並びで進んで行く。

「《ライティング》……《ディボーション》」

大丈夫だとは思うが、俺の盾に照明を灯《とも》した後で、念の為《ため》に戦闘職ではないノーラとニナ、そしてリディアにパラディンの防御スキルを使用し、俺がダメージを肩代わり出来るようにしておく。

時折現れる魔物を怖がるノーラに、大丈夫だと伝えながら進んで行くと、何事も無くシェイリーの社へと到着した。

「おーい、シェイリー。ちょっと良いか」

「む……アレックス。どうしたのだ？」

「あぁ。二つ用事があってな。先《ま》ず一つ目だが、新しく仲間に加わったノーラを紹介しようと思ってさ」

シェイリーと話していると、ノーラが俺の背中から降り、恐る恐るといった感じで頭を下げる。

「あの……ノーラです」

「シェイリーだ。……そんなに怯《おび》えなくとも、とって食ったりはせぬぞ？」

「すまない。ノーラは少し人見知り……なのかな？　慣れると普通に話してくれるんだけどな」

ノーラはシェイリーに挨拶《あいさつ》したかと思うと、凄い速さで再び俺にしがみ付いてきた。

ただ、シェイリーから何かを感じとったのか、いつもより怯えているというか、抱きつく位置が高い気がする。

普段は俺の胸に顔を埋《うず》めているのに、俺の首の横にノーラの顔があるな。

「ほぉ。いつもそうやって抱き合っておるのか。仲が良さそうで何よりだが……二つ目の用というのは？」

「あぁ。ちょっとシェイリーに俺を見てもらいたいんだ。何か新しいエクストラスキルが備わっていないかと思ってさ」

「神のスキルが……か？　いや、前に見た時と同じで、二つしか……というか、二つもある時点で十分凄いのだがな」

やはり、そうか。

間違いないな。リディアたちとキスして俺の身体《からだ》が光ったのは、捕食スキルが発動していたという事だな。

一先《ひとま》ず、あの謎の光が捕食スキルだと分かったので、改めてエリーとモニカへ説明しようとしたところで、

「しかし、アレックスよ。《捕食》スキルの効果だとは思うが、どのような魔物を食べたのだ？　土の精霊魔法に、木登りスキル、鉱物限定で格納出来る倉庫スキル、絶倫……こほん。短期間で様々なスキルが増えているぞ？」

「精霊魔法だって!?　俺が!?　それに鉱物限定の倉庫スキル……って、ニナのストレージスキルの事か!?」

シェイリーが普通のスキルについて教えてくれたのだが、捕食スキルは能力の向上だけでなく、スキルを習得する事まで出来るのか。

おそらく、精霊魔法はリディアから貰《もら》っていて、木登りスキルはノーラか？

最後のは良く分からなかったが、スキルが増えるなんて、そうそう無いだろうし、S級のオークキングを食べて増えたのだろう。

そんな事を考えていると、

「ちょっと待って！　絶り……はおいといて、シェイリーさんが言った他の三つのスキルって、もしかしてリディアさん、ノーラちゃん、ニナちゃんのスキルじゃないの!?」

背後からエリーの声が届いてきた。

「アレックス……まさか、そんな事をする人だったの!?」

「エリー……いや、結果的にそうなってしまったから、言い訳はしない。エリーが思っている通り、俺はリディアたちを……」

「食べたのね⁉」

「いや、そういう表現をされると困るのだが、そこまでの関係では無いよ。ただ、今後どうなるかは、何とも言えないが」

エリーが俺から少し距離を置き、困惑した表情を浮かべている。

幼馴染《おさななじみ》であり、幼い頃《ころ》からずっと一緒に居たエリーに、冷たいジト目を向けられる事はあっても、距離を取られるのは初めてかもしれない。

「エリーさん、待ってください。アレックスさんには、私から言ったんです。お気持ちは分かりますが、ご理解いただけないでしょうか」

「ぼ、ボクもだよ」

「ニナも。ニナが、そうしたいって思ったからなんだー」

リディアに続き、ノーラとニナが俺をフォローしてくれるものの、エリーの表情は変わらない。

その一方で、

「ご主人様っ！　でしたら、この私も食べて欲しいです！　私を食べていただけるのなら、四番目でも構いません。どうか、どうかお慈悲を……」

モニカが自ら食べてくれと言い出した。

……いや、変な事を考えてはダメだ。

食べて欲しいと言うのは、エリーが言う性的な食べるではなく、物理的に食べて、スキルを得て欲しいって意味に違いない。

「ボクは、お兄ちゃんが良いっていうなら、構わないと思うよー」

「ニナもー。皆一緒の方が良いもんね」

ノーラとニナは、おそらく食べるの意味を分かっていないのだろう。

さっきもリディアに同調しただけ……食べるを恋人同士になるという意味だと思っているのではないだろうか。

いや、恋人同士になった以上、いつかはそういう事にもなるかもしれないが、流石《さすが》にこの二人は知識が無さ過ぎるように思える。

そういう事は、きちんと理解した上でなければ。

「モニカさん!? 何を言い出すのよっ！ 食べられちゃうのよ!?」

「エリー殿には以前にも話したが、むしろ私はそうされたいのだ。ご主人様に助けられた命なのだから、ご主人様に食べていただきたい……というか、毎晩めちゃくちゃにされたい。許されるなら、今すぐにでも」

「えぇっ!? いくら治癒魔法で治るとは言っても、それはちょっと……そもそも、アレックスが人を食べるっていうのが、どうかと思うし」

ん？ 治癒魔法……って、もしかしてエリーは、食べるっていうのを物理的な意味として話していたのか？

「エリー。もしかして、食べるって……俺がリディアたちの肉を食べたと思っているのか？」

「……あれ？　違うの」

「あぁ。どうやら俺の《捕食》スキルは唾液《だえき》などの体液で発動するらしい。というか、いくら強くなるためとは言っても、リディアたちの肉を食べたりする訳ないだろ？」

「そ、そっか。私ったら、てっきり……でも、唾液の提供っていうのも、ちょっと気持ち悪くない？　リディアさんたちがスプーンとかに唾液を溜《た》めて、それをアレックスが飲むんでしょ？」

「……なるほど。そんな手もあるのか」

舌を入れてもらい、直接唾液を取り込んでいたが、唾液の摂取だけであれば、確かにキスする必要は無い。

いやまぁ、リディアたちとは恋人関係なので、直接で構わないんだけどさ。

「え……ちょ、ちょっと待って。そんな手もあるのか……って、違うの!?　だったら、どうやって？　まさか、さっきのリディアさんから言ったっていうのは……」

「あぁ。俺とリディアは……いや、ノーラとニナも含め、恋人関係にある」

「な、何ですって!?　リディアさんだけならまだしも、ノーラちゃんやニナちゃんにまで手を出す……って、アレックスは何を考えているのよっ！」

リディアたちは複数人で恋人関係になる事を承諾してくれているけれど、普通はエリーみたいに思うよな。

俺だって、恋人っていうのは、そういうものだと思っていたし。

「アレックス！　どうしてリディアさんなの⁉　どうして、私じゃないのっ⁉　昔から……子供の頃から、ずっとずっとアレックスの事が好きだったのにっ！」

「えっ⁉　そ、そうだったのか⁉」

「どうしてアレックスは気付いてくれないのよっ！」

「……すまない。俺は、そういう事に疎《うと》いから、直接言ってもらえないと、気付けないみたいだ」

エリーが俺の事をそんな風に見てくれていたなんて、本当に知らなかった。

「アレックス……」

「エリー？　……エリーっ⁉」

エリーが杖《つえ》を手にして、魔力を集中し始めた。

マズい！　これは……攻撃魔法を放とうとしているのか⁉　しかも、本気……というか、普段使っている攻撃魔法よりも、込める魔力が多い気がする。

俺に怒りをぶつけるのは構わない。だが、ここでは他の者まで巻き添えになってしまう！

「エリー！　やめるんだ！」

「《サンダーストーム》」

だが俺の制止の声も虚《むな》しく響き、エリーの攻撃魔法が発動……しない⁉

「まったく。エリーとやらは、一度冷静になるのだな。それからアレックスも、その鈍さは一度省みるべきだ。ここに居る者たちは地上に送り届けておくから、二人で反省するがよい」

シェイリーの呆《あき》れた声が聞こえたかと思うと、突然周囲に居たリディアたちの姿が見えなくなり、俺とエリーの二人だけとなった。

これは……シェイリーの力でエリーの魔法が止められ、更に俺とエリーだけ、どこかへ移動させられたのか？

「エリー……」

「……ふんっ！　アレックスは、リディアさんとノーラちゃんとニナちゃんの三人と恋人関係にあるんでしょ！」

「それはそうなんだが……って、エリー！　どこへ行く気だ!?」

「家に帰るの！　こんなところに居たって、気が滅入るだけだもの！」

そう言って、エリーが歩き出すが、おそらくここは地下洞窟《どうくつ》の中だ。俺の盾に灯《とも》してある明かりの先は闇《やみ》しかない。

エリーは火炎系の魔法が使えるので、所々で周囲を照らす事は出来るが、以前にその方法で洞窟内を一人で走り、魔力枯渇を起こしているので、今回は戻ってきてくれたようだ。

「……地上へ戻るまでは一緒に居る。だけど、勘違いしないでよね！　私はもう、これからずっと一人で生きて行くんだから！」

「そうは言っても、小屋が……」

「分かっているわよ。でも、新しい家を建てるんでしょ⁉　私は一人で今の小屋に住むの！　アレックスがリディアさんたちとイチャイチャする家で一緒になんて暮らしたくない！」

「待ってくれ。イチャイチャと言われても……」

反論したかったが、エリーが顔を逸《そ》らしてしまったので、黙って歩く事にした。

とはいえ、どちらへ行けば地上に帰る事が出来るのかがわからない。

……いや、待てよ。

「エリー、こっちだ」

「どうして、そっちだってわかるのよ」

「リディアたちに使用した、俺のディボーションスキルの効果だ。ダメージを肩代わりする間、ある程度どの辺りに居るかがわかるからな」

「……そういえば、アレックスのその防御スキルも、リディアさんたちだけに使用して、私とモニカさんには使ってくれなかったわね」

「それは、あの三人は非戦闘職だからで、変な意図はないぞ？」

これは嘘《うそ》偽りない答えなのだが、エリーから返事はない。

こんな態度のエリーは正直辛《つら》いが、現在三人と恋愛関係にあるという不誠実な状態なので、何とも言えない困った状態だ。

おそらく、俺がエリーに何を言っても、聞いてもらえそうにないし。

結局、途中途中で現れる魔物――主にトカゲの魔物を俺が倒し、魔物の大群に遭遇してしまった時には、エリーの攻撃魔法で殲滅《せんめつ》してもらう。

シェイリーにかなり遠くまで移動させられたらしく、かなり歩いたと思うのだが、まだリディアたちに近付かない。

「……《ファイアーストーム》」

「エリー。そろそろ魔力を分けよう」

「……し、仕方ないわね」

俺のスキルで魔力を分け与えるには直接触れ合っていないといけないので、エリーと手を繋《つな》ごうと思ったのだが、

「……えいっ！　……って、アレックス？　おんぶしてよ」

「あ、あぁ」

何故かエリーが俺の背中に乗って来た。

エリーは怒っていたはずなのに……よく分からないが、一先《ひとま》ず魔力を分けていると、

「ねぇ。アレックスは、やっぱり胸が大きい女性は嫌いなの？」

突然意味不明な事を聞いてくる。

「好きも嫌いも無いな。容姿で人を判断するつもりはないぞ？」

「じゃあ、どうして？　リディアさんはエルフで胸が小さくて、ノーラちゃんとニナちゃんはまだ子供みたいな体型だし……胸が小さな女の子が好きなんじゃないの⁉」

「いや、誤解だ。偶然そうだっただけであって、そもそも俺は、そんな所を見ていない……つもりだ」

いや、もちろん目に入ってしまうし、モニカなんかは露出が激しいから、つい目が向いてしまうが、極力紳士でいようと、見ないように努力しているんだ。

「じゃあ、リディアさんたちのどこが好きで、恋愛関係になったのよ」

「リディアは……この魔族領へ来て、まともな飲食物が無い状態で、料理を作ってくれたりして助けてくれたから……かな」

「くっ……タバサさんの作戦はやっぱり有効だったのね。本当なら、私がその役目のはずだったのに……」

リディアが小声で何か呟《つぶや》いているが……それよりも、ようやくリディアたちの居場所に近付く事が出来た。

だが、一つ問題がある。

「エリー。おそらく、この先に地上へ通じるトンネルがあるはずなんだが……」

「もう着いちゃったんだ。もう少しこのまま……こほん。やっと着いたのね……って、アレックス。あれって……」

「あぁ。幸い今は眠っているようだが、おそらくS級の魔物、毒を持つトカゲ――バジリスクだろう」

位置的に、以前ブルー・リザードを見つけた場所の近くなのだろう。

現れる魔物も、サソリよりもトカゲ系の方が多かったように思えたし。

シェイリーも、知らない魔物が増えていると言っていたが、オークキングに続いて、またS級の魔物に遭遇するとは。

「やっぱり、ここは魔族領なのね」

「あぁ、そうだな。エリー……いけるか？」

「えぇ。バジリスクは強力な毒を持っているから、遠距離から魔法で倒すのがベストよね？」

「そうだな。だが攻撃魔法を放った後は、目覚めて近寄って来るだろう。俺の傍《そば》に居ればパラディンのスキルで状態異常に――毒にある程度耐性が得られるから、離れないようにしてくれ」

「つまり、今の状態よね？　ノーラちゃんみたいに、ずっとアレックスにしがみついているから、後は任せたわよ」

そう言って、エリーが集中し始める。

その間に俺は、

「《ライティング》……《ディボーション》」

その辺りの壁に幾つか照明を灯して視界を確保し、エリーのダメージを肩代わり出来るようにしておいた。

ディボーションはダメージを肩代わり出来るものの、状態異常などは肩代わり出来ないので、エリーの言う通り、俺から離れないのが一番助かる。

一先ず、エリーが攻撃魔法を放つ前に、周囲の余計な魔物を一掃していると、

「アレックス、準備は良い？　いくわよ……《パーマフロスト》」

エリーの放った氷結魔法で、バジリスクを含めた周囲一帯が凍り付く。

トカゲ系の魔物は冷気に弱いというのが定説なので、魔法の選択としては正しいのだが、一つ気になる事がある。

だがそれよりも先に、バジリスクを閉じ込めた氷にヒビが入ったので、今はこちらの対応をしなければならないが。

「やっぱり一撃で倒す事は出来ないわね」

「エリー！　バジリスクが動き出すぞ！　もう一撃、何かいけるか⁉」

「やってみる！　《エクス・フリーズ》」

エリーが再び氷結魔法を放つが、動き出したバジリスクに避けられる。

先程のエリーの氷結魔法で動きが鈍くなっていて、これか。本来の敏捷《びんしょう》性がそのままだったら、一体どれだけ速いのか。

「アレックス、ごめん！　外しちゃった！」

「いや、あれは仕方がないだろう。それより、来るぞ！　落ちないように、しっかり掴まっていてくれ！」

「う、うん！」

エリーが腕に力を籠め、しっかりとしがみ付いてきた事を確認したので、支えていた腕を離し、剣と盾を構える。

その直後に、周囲の氷を物ともせず、バジリスクが一気に迫って来た。

トカゲ系の魔物が冷気を苦手とするのは本当だと思うが、Ｓ級のバジリスクともなると、関係無いのか。

バジリスクが吐くと言われている毒の息を警戒し、盾を構えながら俺も前進しようとして……足元が滑るっ！

先程の氷結魔法が仇《あだ》になってしまったが、当然バジリスクは待ってくれる訳もなく、紫色の煙のようなものが吐き出される。

「くっ……《シールド・チャージ》」

盾を構えて突進し、バジリスクを吹き飛ばそうとしたのだが、氷によって本来の威力が発揮できていない。

その上、氷の上で上手《うま》く動けていない俺をあざ笑うかのように、バジリスクが素早く動き、鋭利な爪で攻撃してくる。

おそらく、この爪にも毒があるだろうし、状態異常に耐性があるとはいえ、毒を浴び続ければ、いずれやられてしまうので、一旦《いったん》態勢を立て直さなければ！

盾を氷に突き刺し、そこを起点にして氷の上を滑り、バジリスクと僅《わず》かに距離を取ったものの、どうしようかと考えていると、

「《フレイム・ランス》」

背中に居るエリーが突然炎の魔法を使う。

せっかくバジリスクの動きが鈍くなっているのに……と思ったのだが、生み出された炎の槍《やり》は、バジリスクに届かず、手前の地面に落ちる。

「これは……助かる！」

エリーが今の状況を汲《く》み取ってくれたようで、地面の氷が溶けて泥になっているものの、先程に比べれば文字通り雲泥の差だ。

「《ホーリー・クロス》」

しっかりと踏み込み、十字を切る斬撃を放つと、バジリスクの身体《からだ》が切断され、絶命する。

「……S級のバジリスクを一撃⁉　やはり《捕食》スキルで強くなっているのか？」

「す、凄《すご》いわね。もしかして、私の攻撃魔法は要らなかったんじゃない？」

「いや、そんな事はないぞ。エリーの氷結魔法でバジリスクの動きが鈍くなっていなければ、おそらく命中させる事が出来なかったはずだ。それに、何も言わなくても俺の状況をわかってくれてい

ただろ？」

「ま、まぁね。アレックスとは十年以上一緒に居る訳だし、考えている事なんて大体わかるわよ」

念の為《ため》、エリーと自分自身に解毒魔法を掛け、倒したバジリスクの尻尾《しっぽ》を拾い上げる。

強い毒を持っている魔物だが、捕食スキルの効果が凄いので、これも食べておいた方が良いだろう。

「それより、アレックスは大丈夫なの？　何度か攻撃を受けていたわよね？」

「あぁ、問題無い。オークたちの肉を食べたからだとは思うが、回復力が向上しているみたいなんだ。小さな傷だと、放っておいても治るらしい」

「それって、かなり凄くないかしら？　パラディンであるアレックスにはピッタリだけど……」

「そうだな。おかげで、こうしてバジリスクからエリーを守る事が出来た。今後来ると思われる魔族からもエリーを守れるように、継続して《捕食》スキルで強くならないとな」

無事にバジリスクを倒す事が出来たので、再び地上を目指して歩き出すと、少しして背中に居るエリーが口を開く。

「……だから、リディアさんたちとキスしたの？　ノーラちゃんやニナちゃんとも。アレックスはただ強くなる事が目的で、実は三人の事を好きではない……とか」

「それは……そういう訳ではないな。発端はさておき、リディアたちは好意を抱いてくれているんだ。その気持ちに対して、そんな失礼な事は考えていない」

「……そう。じゃあ、その発端って何なの？　濁さないで、ちゃんと教えてよ」

「濁した訳ではないんだが……その、リディアにいきなりキスされたんだ」

　振り返って確認していないが、エリーから向けられているであろう冷たいジト目を感じながら、リディアに突然キスされた事、それをノーラに見られて真似《まね》をされた事、ノーラが俺とキスした事をニナに話し、仲間外れが嫌だと言われ、キスされた事を説明する。

「え？　という事は、三人とも女性の方からキスしたの？」

「まぁそうなるな。だが、そういう関係になった以上、責任は取るべきだと思っている。三人それぞれに確認したが、現状で構わないと言ってくれている事だし」

「え？　三人が合意しているのはまぁ良いとして、キスされたから責任を取って恋愛関係になっているって事なの⁉」

「そういう端的な表現をされてしまうと、ちょっと困るが、少なくとも発端はそうだな」

「じゃあ、もしも私が……」

　エリーが何か言いかけたところで、見覚えのある場所に出て、

「あっ！　アレックスさんっ！　ご無事で良かった！」

「お兄ちゃん！　ふぇぇ……良かったあぁぁっ！」

「お兄さんっ！　心配したよーっ！」

　リディア、ノーラ、ニナが駆け寄って来た。

「ご主人様！　ま、まぁご主人様程強ければ、心配無用だと思っておりました」

「まったく。アレックスならば大丈夫だと言ったのだが……その三人に加え、この乳女もアレックスを待つと言って聞かなくてな」


その後に、モニカとシェイリーも現れ……どうやら全員ここで待っていてくれたらしい。

「それで、エリーとやら。頭は冷えたか？」

「は、はい。すみませんでした」

エリーが俺の背中から降り、シェイリーに頭を下げて謝る。

あの時、シェイリーがエリーの魔法を止めていなければ、俺だけでなくここに居る全員が負傷していたからな。

「あの三人がアレックスにしたのは、たかだか接吻《せっぷん》程度であろう？　別に子を生《な》した訳でもないのだ。その程度でアレックスを攻撃してどうする」

「接吻程度って、そうは言っても……」

「だが、アレックスは我を封じる程の力を持った魔族を倒したのだ。新たな魔族が攻めて来た時に、アレックスに戦ってもらわなくてはならないのだぞ？」

あ、シェイリーが怒ったのは、そういう理由か。

いや、もちろんシェイリーを含めて、皆を守る為に魔族と戦うつもりだが。

「あと、アレックスに万が一の事があった場合、悲しむのはお主であろう。自分で自分の首を絞めるような真似はしない事だ」

「……はい。アレックス、ごめんなさい」

「いや、結果的に俺は負傷も何もしていないだろ？　だから、大丈夫だよ」

エリーが深々と頭を下げるが……どうしたものだろうか。

「さて、アレックスよ。お主も鈍すぎるのは問題だが……一旦それはおいといて、気になる事があるのだ」

「気になる事？」

「うむ。何やら遠く西の方から、大きな魔力の活動を感じるのだ」

「もしかして、さっき言った魔族がやって来る……という事か？」

「わからぬが、その可能性はある。という訳で、次は我の番だ」

……ん？　シェイリーの番……とは、何の事だ？

「すまん、シェイリー。何の話だ？」

「決まっておるだろう。我との接吻だ。我程の力を持つ者の力の一部が得られるのだ。アレックスは相当強くなるであろう」

そう言って、シェイリーが大股《おおまた》で近付いてくる。

いやあの、接吻と言われても、シェイリーはノーラやニナよりも幼い姿で、本当に子供なのだが……って、元は神獣で子供の姿をしているだけか。

「アレックスよ。立ったままでは届かぬのだ。我の身長に合わせてしゃがむのだ」

「シェイリーは……良いのか？」

「良いのか……ではない！　まったく、先程自身の鈍感さを省みろと言ったばかりではないか！　アレックスの事が嫌いであれば、このような事をしようとする訳がないであろう！」

「そ、それもそうか」

「我は以前から、助けてもらった礼がしたかったのだ。唾液《だえき》で我が力を分けられるようだし、我は接吻程度で狼狽《うろた》えたりはせぬ。さぁ、我が接吻をしてやるから、早くするのだ！　もしくは、接吻では足りぬというのであれば……」

シェイリーからはっきりと言われ、同時に嫌な予感もしたので、慌ててその場でしゃがみ込む。

すると、シェイリーが短い腕を俺の首に回し、小さな唇を重ねて来た。

すぐさま小さな舌が俺の口の中へ入り込んで来て、長いキスの後、シェイリーが満足そうに顔を輝かせる。

「ふふっ……これが接吻か。この舌を絡めるのは悪くないな」

だが、シェイリーのその表情が、俺の顔を見て曇ってしまう。

「むっ⁉　何故《なぜ》だ？　リディアやノーラ、ニナから聞いた通りに接吻をしたというのに、アレックスのスキルが増えておらぬぞ？　……乳女よ。アレックスの身体は光ったのか？」

「え？　いえ、光っていませんが」

「む……どうして我だけ光らぬのだ？　まだ接吻が足りぬという事か⁉」

そう言って、シェイリーが再びキスを――小さな舌を一生懸命に俺の舌へ絡めてくる、かなり激しいキスをされてしまった。

「くっ……これだけやってもスキルが増えておらぬ！　どういう事なのだっ⁉　……こうなったら唾液ではなく、我の愛え……」

「そういえば……シェイリーさん。今、思い出したけど、あの土の四天王と戦ってアレックスが倒れていた時、シェイリーさんが血を飲ませてアレックスを助けてくれたでしょ？　あの時、既にアレックスが光っていたと思うんだけど」

「……なるほど。そういう事か。いや、確かに我の血を飲ませた後、身体《からだ》が光ったのは何だろうかと思いつつ、気にしていなかったのだが、あの時点でアレックスの《捕食》スキルが発動しておったのか」

俺が倒れている間に、シェイリーの血を飲ませたとエリーが言っているのだが、何の話だ？

……あ、土の四天王ベルンハルトとの戦いで、俺が奥の手を使った時の事か。

確かにあの時は、治癒魔法を使える者が俺以外に居ないのに、体力も魔力も回復していた。

あれは、シェイリーのおかげだったのか。

「なるほど。という事は、もしかしてアレックスが持っている、超回復力というスキルは、我の血を飲んだ時に得たのかもしれんな」

「超回復力？　え⁉　俺はそんなスキルを持っているのか？」

「うむ。アレックスが元々持っていた、パラディンの《リジェネーション》というスキルとは違い、体力しか回復しないが、その分回復力が凄いのだ。疲れ知らずというか、疲労困憊《こんぱい》でも少し休むだけで、直《す》ぐに動けるようになるだろう」

どうやら俺は、知らない内にシェイリーから凄いスキルを貰《もら》っていたらしくて、しかもそれは、リジェネーションと同じく常時発動タイプのスキルのようだ。

先程バジリスクとの戦いで受けた傷が、いつの間にか治っていたのもこのスキルのおかげなのだろう。

とはいえ、回復するのはあくまで体力のみで、魔力の回復量は変わらないらしいから、生命力と魔力の両方を大幅に消耗する奥の手を連発出来る訳ではなさそうだが。

「さて。我のスキルをアレックスに与える事が出来ていたようだし、次は我の力を回復させる番だな」

「それはつまり……酒という事か？」

「うむ。先程も言ったが、大きな魔力を感じたからな。まだ力を取り戻していない我は、社から長時間離れる事が出来ぬ。相手が一体だけならば、アレックスが倒す事も可能であろう。だが、大軍で来られた場合、我も戦える方が良いであろう」

なるほど。それはシェイリーの言う事に一理ある。

先程のバジリスクは他に魔物が居なかったが、先日のオークキングでは陽動に引っ掛かり、俺が居ない所を狙《ねら》われてしまった。

S級のオークキングでさえ、そういう事を考える知能があるんだ。

魔物よりも上位の存在である魔族も、そういった策略を用いた搦《から》め手《て》で来ると考えると、対策は必要か。

「わかった。だが残念ながら、前に渡した酒が全《すべ》てで、今はまだ酒を仕込んでいるところなんだ」

「ふむ。どれ程の量を仕込んでいるのだ？」

「いや、それがおそらく、前にシェイリーが飲んだ樽《たる》と同じくらいの量だな」

「それはいかん！　今から次の仕込みをするのだ！　何なら、我も手伝おう！　さぁ、酒作りだ！」

シェイリーは前に泥酔して、暫《しばら》く酒を飲みたくないと言っていなかっただろうか。

まぁ緊急事態に備えて……という事にしておこう。

前回は木桶《きおけ》が無くて、ニナに鉄の桶を作ってもらったけど、モニカ曰《いわ》く本来は木桶の方が良いという話だったので、ノーラに木桶を作ってもらって、改めて葡萄《ぶどう》酒作りをする事にした。

挿話四　お風呂が苦手なノーラ

お兄ちゃんのスキルで、ボクは奴隷《どれい》という立場から助けてもらった。

もう夜中に無理矢理働かされないみたいだし、フカフカなベッドで眠れるし、ご飯が美味《おい》しい。

ちょっと怖い魔物に遭遇しちゃった事もあるけれど、壁の外に行かなければ大丈夫だし、万が一の事があってもお兄ちゃんが守ってくれる。

本当に助けてもらえて良かったんだけど、

「よし。じゃあそろそろ、風呂へ行こうか」

またもや、この時間が来てしまった。

「ノーラは無理しなくても良いからな?」

「ううん、大丈夫。ボク、頑張るから」

昨日は、水に濡《ぬ》れるのが苦手なボクを気遣って、お兄ちゃんが濡れた布で身体を拭《ふ》いてくれたけど……ボクもニナちゃんたちみたいに、お兄ちゃんと一緒にお風呂へ入りたいんだもん!

「えぇー!　お兄さん。ニナも寒いのは苦手なのに、ノーラと扱いが違ーう!」

「ノーラは獣人族で、種族的に尻尾《しっぽ》が濡れるのが良くないって話だろ?」

「ニナもドワーフだから、種族的に寒いのが苦手なのにー！」

「ニナは寒さとかじゃなくて、もっと身体を丁寧に洗うんだ」

「うぐっ。そ、それも、種族的な事……かな？」

うぅ……お兄ちゃんとニナちゃん、楽しそう。

いいなー。ボクも、お兄ちゃんとニナちゃんと洗いっこしたいなー。

でも、尻尾が濡れるのは嫌だし……どうしよう。

尻尾が濡れて嫌なのと、お風呂でお兄ちゃんとニナちゃんと遊ぶのと……うぅ、お兄ちゃんたちと一緒に遊ぶっ！

「お兄ちゃんっ！」

「ノーラ!?　どうしたんだ!?」

「ボク、お兄ちゃんと一緒にお風呂へ入る！」

「え!?　大丈夫なのか!?　獣人族はお風呂へ入る習慣が無いんだろ？」

「確かにそうだけど、お兄ちゃんにくっついてたら、大丈夫だと思う」

という訳で、昨日はお風呂の隅に居たけど、今日は身体を洗っているお兄ちゃんの所へ行くと、いつもみたいに抱きつく。

「ちょ、ちょっと、ノーラちゃん!?　どうしてアレックスに抱きつくのよっ！」

「だって、水に濡れるのは怖いから……でも、ボクも一緒にお風呂へ入りたいんだもん！　お兄ちゃんと一緒なら、きっと大丈夫な気がするもん！」

「えぇ⁉　でも、アレックスもノーラちゃんも全裸なのに、そんなに密着するなんて」

何故だろう。

いつもと同じように抱きついているだけなのに、エリーさんが顔をしかめている。

「お兄ちゃん。ダメ……なの？」

「んー、ノーラが苦手な事を克服したいという気持ちはわかった。俺も協力するから、少しずつ水に慣れていこうか。エリーも構わないだろ？」

「わ……わかったわよ」

わーい！　お兄ちゃんと一緒にお風呂、頑張ろっと！

そのまま抱きついていると、お兄ちゃんがスタスタ歩いて行き、お風呂の縁に座る。

「ノーラ。ゆっくり入れていくからな。無理だと思ったら、すぐに言うんだぞ」

「う、うん。でも、大丈夫！　お兄ちゃんに入れてもらうんだもん」

「そうか。では、入れるぞ」

お兄ちゃんがゆっくりと身体を沈めていき、先《ま》ずはボクのお尻《しり》が湯船の中へ。

ここまでは大丈夫。

問題は次の尻尾で……っ！

「の、ノーラ⁉」

「ご、ごめん。お兄ちゃん。だ、大丈夫！　大丈夫だからね！」

「そ、それより、元の位置に戻るから、少し下がってくれ」

「ご、ごめんなさーい！」

お兄ちゃんの胸に抱きついていたんだけど、尻尾が少し濡れた瞬間に、水から逃げるようにして、お兄ちゃんの身体を登ってしまった。

お兄ちゃんの胸を越えて、顔にしがみ付いちゃったけど、これじゃあまるで肩車だよー。向きは逆だけどさ。

「……な、なんと大胆な。ノーラ殿がご主人様の顔に、自身の身体を……」

「……も、モニカさんは、変な事を考えていない!?　ノーラちゃんは、ただ水を怖がっているだけよ！　そう、水から逃げるようにアレックスの身体を登っただけ……きっと」

少し離れたところから、モニカさんとエリーさんの声が聞こえてきた。

水から逃げようと必死だったから、はっきりと聞き取れなかったけど、きっと頑張れって応援してくれているんだよね！

お兄ちゃんがお風呂の縁まで戻ったので、ボクもいつもの位置まで身体を戻して……こ、今度こそ、お風呂に入るんだ！

「お兄ちゃん、お願い！　大丈夫だから、もう一度入れて！」

「ノーラ。辛《つら》かったら、無理せずに今まで通りでも良いんだぞ？」

「ううん。ボクがしたいの。だから……ね。お兄ちゃん、お願い」

お兄ちゃんがボクの想《おも》いを聞いてくれて、もう一度中へ。

先ずはお尻。そして、尻尾……大丈夫！　お兄ちゃんと一緒なら、きっと！

そう思った瞬間、お兄ちゃんが優しく頭を撫《な》でてくれて……あれ？　温かい？

あっ！　お兄ちゃんに頭を撫でられている事が嬉《うれ》しくて、そっちに気が取られている内に、肩までお風呂の中に浸《つ》かってた！

「お兄ちゃん！　ボク……全部入ったよ！」

「あぁ、そうだな。大丈夫か？　苦しかったりもしないか？」

「うん！　お兄ちゃんと一緒なら、水に濡れていても、不安にならないっていうか、大丈夫みたい！」

初めて入るお風呂にドキドキしていたけど、慣れたら温かくて、ポカポカして良い気持ちになれる。

それに、お兄ちゃんとお話出来るし、これまでみたいに、お兄ちゃんとニナちゃんが遊んでいるのを眺めていなくて良いんだもんね。

そう思ったところで、

「なーんだ！　男の人に抱きついても良いんだー！　じゃあ、ニナもニナもー！」

「ニナちゃん！　わーい！　一緒だねー！」

ニナちゃんもお風呂に入って来て、お兄ちゃんに抱きつく。

「に、ニナちゃん⁉　は、裸でアレックスに抱きついちゃダメよっ！」

「えー？　ノーラも抱きついているから、いーでしょー！　昔ね、ニナのパパから、男の人に裸を見せちゃダメとか、逆に見ちゃダメって言われたんだけど、その理由までは教えてくれなかったし、ドワーフだけのルールみたいだもん」

「ドワーフだけのルールじゃないわよっ！」

「でも、ノーラもエリーも裸だよー？　モニカにリディアだって裸だし。という訳で、お兄さんにノーラも、何して遊ぼっかー」

へぇー、ドワーフ族は、男の人に裸を見せちゃダメなんだー。

でも、ボクはそんな事を言われたことが無いし、お兄ちゃんは人間族だから問題ないよねっ！

エリーさんが何故か慌てているけど、関係ないよねー！

「……私もドワーフではないから、ご主人様のところへ行ってこよう」

「……人間でもダメよっ！　あと、エルフでもダメだからねっ！」

「……私は元から、そんなはしたない事をするつもりはありません」

向こうでモニカさんとエリーさんとリディアさんが楽しそうにお喋《しゃべ》りしているし……やっぱり皆で入るお風呂って、楽しいよねっ！

第五話　的中してしまった悪い予想

皆で再び葡萄酒を作った二日後。

「お兄ちゃん！　今日から、いよいよ家作りだねっ！」

朝食を済ませた途端に、ノーラが張り切り出した。

「そうか……昨日《きのう》、ニナのレールとトロッコが完成したんだったな」

「そういう事っ！　これまでもベッドや桶に、まな板とか、いろんな物を作ったけど、ボクのジョブは大工さんだからね。家作りが一番、楽しいもん」

楽しい……か。これまでノーラはどこかで奴隷《どれい》にされていて、奴隷解放スキルでここへ来てからも、人見知りして俺から殆《ほとん》ど離れなかったが、家を作るという話で顔が輝いている。

魔族が来るかもしれない状況で、家を新築している場合かと言われると、その通りではあるのだが、今後の事を見据えると家を大きくしておいた方が良いからな。

それに、先日バジリスクと遭遇した事もあり、エリーとモニカの二人だけでの地下洞窟《どうくつ》探索は危険だと判断した事もある。

アサシン・ラビットを倒して、食材としての肉を得る為《ため》ならば大丈夫だと思うが、新たな魔物を求めて奥へ行って、S級の魔物と遭遇したら最悪の事態もあり得るからな。

「では、今日は皆で新たな家を作るが、ノーラを中心に作業を進めていきたいと思う。ノーラは俺を含めて、皆に指示を出してくれ」

「はーい！　任せてっ！」

「とりあえず、俺とニナとモニカで木の伐採と運搬かな。リディアとエリーは……食事の準備か？」

「あ、二人には家の間取りとかを考えて欲しいな。作るのはボクがするけど、どういう家にしたいのかを、相談しながら作る事になると思うから」

「なるほど。では、今の役割で取り掛かろう」

早速ニナとモニカの三人で北西の森へ向かい、手頃《てごろ》な木を斧《おの》で斬り倒していく。

ノーラはここで板に加工していたが、俺たちだけでやると綺麗《きれい》に出来ないので、ニナが作ってくれたトロッコへそのまま積む事に。

「ニナ。結構な重量だが、大丈夫なのか？」

「うん。ちゃんと、沢山木材を運ぶ事を考えて作ったからねー」

「わかった。ではまず、この五本を運ぶか」

木材を積んだトロッコがレールを走り……おぉ。当然だが、物凄《ものすご》く楽で速いな。

あっという間に、ノーラたちが居る最南端へと着いた。

トロッコに積んでいた木材を運んで行くと、着々と準備を進めるノーラの横で、リディアとエリーが間取りについて、話しあっているようだ。

二人とも料理をするし、それぞれが使い易《やす》いように考えてくれれば良いと思う。

「ノーラ。先ずは最初の木材だ。よろしく頼む」

「うん、ありがとう。ある程度運搬が終わったら、お兄ちゃんたちも、こっちを手伝って欲しいな。ボク一人だと、重い物を運ぶのは大変だから」

「あぁ、そうだな。では、もう一回運び終えたら、こちらを手伝おうか。とりあえず、トロッコの使い方は分かったし、次は俺とモニカで運ぼう。ニナはノーラを手伝ってあげてくれ」

先程、ニナがトロッコを動かしているところをしっかり見たからな。とはいえ、操作と言っても行うのはブレーキだけなのだが。

「モニカ。すまないが、また森へ付き合ってくれ」

「はい！　喜んで！」

空のトロッコに乗り、俺とモニカが北西の森へと進んで行く。

何も載せていないからか、それなりの速度で移動する事が出来、あっという間に森へ到着した。

「手頃な木は……モニカ、あれなんてどうだろうか」

「良いのではないでしょうか」

モニカに少し離れてもらい、斧で木を切り倒していく。

先程と同じく、五本の木をトロッコに積んだところで、

「ご主人様。こっちへ来てください！」

「どうかしたのか⁉」

緊張した様子のモニカの声が森の中から聞こえ、慌てて向かう。

しまった。まさかシャドウ・ウルフがどこからか侵入してきたのか⁉　それとも新手の魔物か⁉

壁の内側という事と、開拓作業を行う為に、盾も鎧《よろい》も小屋に置いてきている。

だが剣は携えているので、斧を地面に置き、いつでも愛剣を抜けるようにするため、柄に手を掛けて木の陰にいるモニカのところへ行くと……

「ご主人様っ！」

「えっ⁉　モニカッ⁉　どうして、胸を露出しているんだ⁉　また混乱状態なのか⁉」

「違いますっ！　リディア殿、ノーラ殿、ニナ殿にシェイリー殿まで。そして、おそらくはエリー殿ともキスをされているでしょう。私だけ……私だけ除《の》け者なんて、酷《ひど》いですっ！」

「待った！　何か誤解しているが……それより、服を着てくれ」

「嫌ですっ！　というか、お風呂《ふろ》でニナ殿やノーラ殿が、ご主人様に裸で抱きついていますよね？　私も一緒です！」

いや、全然一緒ではないだろっ！

ニナもノーラも幼いというか、無邪気にじゃれついて来ているだけだが、モニカの身体《からだ》は威力がありすぎるっ！

「ご主人様のキスや恋人は一番を奪われてしまいましたが、私は二番でも良いんです。さぁ、ご主人様。ここなら誰《だれ》も来ません。私を好きにしてください」

「いや、モニカっ⁉　な、何を考えて……」

「ずっとです。二年前にご主人様が、男に襲われている私を助けてくださった時から、ずっと好きでした。それなのに、ご主人様の傍《そば》には常にエリー殿が居て、こっちへ来てからはリディア殿やニナ殿が居て……初めて二人っきりになれたんです！」

そう言いながら、モニカが大きな胸を押し付けて来る。

ニナと三人で森の中へ来た時から、モニカは大人しくしていたのだが、もしかしてずっと機を窺《うかが》っていたのか⁉

「待ってくれ。分かったから、一旦《いったん》服を……」

「嫌です！　やっとご主人様と二人きりになるというチャンスを得たんです！　絶対に逃しませんっ！」

俺の手を取ったモニカが、そのまま自身の胸に運んで行き……くっ！　柔らかい！　手が、モニカの胸に埋まるっ！

「ご主人様……」

「モニ……っ！」

結局モニカに押し切られ、キスをされて、俺の身体が淡く光る。

捕食スキルが発動したのだが……モニカが止まってくれない。

「ちょ、ちょっと待った！」

「ダメです！　このまま既成事実を……」

「モニカ、落ちついてくれ！」

「大丈夫です！　ご主人様に何人恋人が居ようと、その中の一人に私が入っているのであれば、構いませんからっ！」

そういう問題ではないだろっ！　とりあえず、段階を飛ばし過ぎだっ！

「ほほぅ。これはこれは……随分と楽しそうだな」

「ほら、モニカ！　シェイリーも見ている事だし、一旦止め……って、シェイリー⁉」

「ん？　我の事は気にしなくてよいぞ？　我が作った森から木が減っているのを感じたから、ちょっと足しに来ただけだ。だが、乳女さえ良ければ我も交ざるが」

「シェイリーも何を言っているんだよっ！」

いつから見ていたのか、俺とモニカのすぐ横にシェイリーが居て、ニヤニヤしながらこっちを眺めている。

「シェイリー殿！　……是非、一緒に！」

「なんでだよっ！」

「はっはっは。では我も……と、言いたいところだが、今はまだ時期が早い。乳女よ、もう少し待つのだ」

時期？　シェイリーがよく分からない事を言っているが、とりあえずモニカを止めてくれたのは助かる。

「シェイリー殿、時期とは？」

「うむ。先程、アレックスが言いかけておったが、エリーはまだアレックスと接吻《せっぷん》をしておらぬのだ。その証拠に、今アレックスは乳女からスキルを貰《もら》ったが、エリーから貰ったと思わしきスキルは増えておらぬからな」

「えぇっ⁉　エリー殿はあんなにも長い時間をご主人様と一緒に居たのに⁉　一体、何をしていたんだ⁉」

「まぁそういう訳だ。ややこしい事になるのが目に見えておる。乳女よ。今は絶好の機会だとは思うが、暫《しば》しエリーを待ってやるのだ」

スキルの増加で、シェイリーにエリーとの関係を見抜かれるとは。

「まぁそういう事でしたら……ちなみに、私のどのようなスキルをご主人様にお渡しする事が出来たのでしょうか。リディア殿にノーラ殿、ニナ殿もそれぞれのジョブに合ったスキルでしたし、私だと……剣技か古代魔法などでしょうか」

「アレックスがモニカから得たスキルは……冷気耐性だ」

「……冷気耐性⁉　どういう事ですか⁉　私は別に寒冷地の生まれではないですし、氷魔法を使う事は出来ますが、得意という訳でもありませんし……」

「我に言われても困る。事実として、お主がアレックスに接吻した時に増えたスキルが、冷気耐性だったのだ。おそらくだが、お主はいつも乳を丸出しにしておるだろ？　そのせいではないのか？　常に裸でも平気のようだし」

「丸出しではありませんし、裸でもありませんっ！」

モニカが泣きそうになりながらシェイリーに詰め寄っているが、捕食スキルで得た結果を教えてくれているだけであって、シェイリーが何かした訳ではないからな？

ちなみにシェイリーによると、先日地下洞窟で倒したバジリスクからは、毒耐性スキルを得ているのだとか。

「モニカ。ひとまず、ノーラが木材を待っているはずだし、戻ろう」

「くっ……わかりました」

「アレックスよ。この辺りの木は我がまた生やしておこう。気にせず使うが良い」

モニカを止めてくれた事と、木を再生してくれる事の二つの意味でシェイリーに礼を言い、トロッコで再び南の建設予定地へ。

「すまない。待たせたな」

「お兄ちゃん遅いよー！」

「すまない。二人だから、少し手間取ったんだ。しかし、既に先程の木材を全《すべ》て使い切る程進んだのか」

「うん！　ニナちゃんが手伝ってくれているからね。それに、部屋の間取りとかはリディアお姉ちゃんたちが決めてくれているから、ボクは作る事に専念出来るしね」

建築途中の家と、リディアとエリーが考えている間取りを見る限り、現在寝泊まりしている小屋よりも、かなり広い。

部屋数も八部屋くらいありそうで、その中にはキッチンや風呂もあるようだ。

ちなみにノーラ曰《いわ》く、もう一人建築スキルを持つ者が居れば、二階建てに出来るのだとか。

とはいえ、今でも十二分に凄《すご》そうだが。

「ん？　間取りでは、この部屋だけ他より広いのだが、何の部屋なんだ？」

リビングにしては場所が少し違う気がするし、そもそもキッチンのすぐ隣にリビングらしき部屋が既にある。

間取りを考えたリディアとエリーに聞いてみると、

「そこは寝室です。一人一人の個室というのを、ノーラさん一人で作るのは難しいと思いましたので」

「そ、そうか。個室が欲しいって思う者も居るかもしれないが、仕方がないか」

「まぁ、そことは別に小さな寝室もありますので」

「ん？　皆が寝る場所とは別の寝室？」

「ふふっ……きっと、これから必要になると思いますから」

リディアが顔を紅《あか》く染めているのだが、何故《なぜ》だ？

ゲスト用の寝室だろうか。将来、シェイリーの力が回復して、ここまで来られるようになった時の為《ため》に？

とはいえ間取りについては二人に任せる事にしたので、俺はモニカと共に再び北西の森へ木を採りに行く。

ノーラ曰く、まだ数回行って欲しいそうだ。

「シェイリー……は戻ったのか。地下洞窟《どうくつ》にある社から長時間離れられないから、仕方ないか」

「そうみたいですね。という事は、今度こそ私とご主人様は二人っきりですね」

「……次からはニナに頼むか」

「う……へ、変な事はしません！　ですから、キスだけ……一回だけお願いします」

モニカが懇願してきたかと思ったら……俺が口を開く前に襲われる。

やっぱり次はニナと一緒に来よう。

そう決めて、木材を積んだトロッコで再び戻ると、ノーラの指示に従って木材を置いていく。

それから、トロッコから木材を全て降ろしたところで、ニナが何かを見つけた。

「……ん？　お兄さん……あれ、何かなー？」

「ニナ、どうしたんだ？　あれって？」

「向こうを見てよー。何か大きな……鳥みたいなのが飛んでいる気がするよー？」

ニナに言われて西の空へ目を向けると、確かに大きな黒い鳥みたいな何かが飛んでいる。

魔族領には何も――鳥が休める場所も無いので、鳥が飛んでいるのを見るのは初めてかもしれない。

だが、今はシェイリーが森を作ってくれたし、そこを目指しているのかもしれないな。

ここは、地上にシャドウ・ウルフしかいない不毛の地だが、鳥が棲《す》みついてくれると良いのだが。

「……ねぇ、お兄さん。あの鳥……ちょっと大き過ぎない？」

「……言われてみると、そうだな。しかし鳥というより、翼の生えた人……って、ちょっと待て！」

この魔族領へ初めて来た時、小屋の中にあんな感じの、黒い翼が生えた奴《やつ》が居なかったか⁉

襲い掛かって来て、そいつを倒したら、神様の声が聞こえてきて……

「皆、俺の後ろへっ！　《ディボーション》！」

真っすぐにこちらへ向かってくる、大きな鳥のような者を敵と推測し、慌ててパラディンの上位スキルで皆を守る。

剣は携えているが、鎧と盾は持っていない。

今から小屋へ取りに行くには、距離があり過ぎる！

「ニナ！　簡易な物で良いから、残っている鉄で、何か盾のような物を作れないか⁉」

「ちょ、ちょっと待ってね！　すぐに作るからっ！」

「エリー、攻撃魔法の準備を。敵だと確証が得られたら、すぐに頼む！」

エリーが返事の代わりに魔力を集中させ、襲撃に備える。

それから、大きな翼を持った黒い人型の何かが、俺たちの前に降り立った。

黒い翼を持ち、俺よりも二回り程大きな人型の何か――以前に倒した、マモンという悪魔によく似たそいつが、片言で話しかけてくる。

「オマエタチハ、ニンゲン……カ？　チガウノモ、イルヨウダガ」

「《アイス・ジャベリン》」

俺が剣を構えたからか、エリーが唐突に攻撃魔法を放つ。

だが、エリーが生み出した氷の槍《やり》は、黒い悪魔の身体《からだ》をすり抜け、そのままどこかへ飛んで行ってしまった。

「この魔物は、私の魔法が効かないのっ!?」

「エリーさん、アレックスさん！　おそらくこの魔物は幻影……どこか別の場所に本体がいるのだと思います！」

「ソッチハ……エルフカ。コノチヨリ、レンラクガトダエタ……ゲンインハ、オマエタチカ」

なるほど。

俺がマモンや土の四天王ベルンハルトを倒して、他の魔族が第四魔族領と連絡が取れなくなったから、幻影で様子を見に来たという訳か。

残念な事に、エリーの心配していた事が現実になってしまった。

それにしても、幻影を通じてこちらの様子を見聞きし、会話出来るこの魔族は、かなり凄いのではないだろうか。

前に遭遇したマモンは、パラディンの攻撃スキルで倒す事が出来たけど、距離を取って魔法攻撃をされていたら、ヤバかったのかもしれないな。

「ま、幻だったのか。くっ……ビックリして、少し漏れちゃったじゃないかっ！」

モニカがよく分からない事を言いながら、黒い悪魔を斬りつける。

すると、物理攻撃に弱いのか、それとも幻影の役目が終わったと、魔法だかスキルだかを解除したのか。その姿がゆっくりと掻《か》き消えて行く。

「……ワガナハ、ベルゼブブ。ツギハ、ホンタイデ、オマエタチヲハイジョスル……」

消え行く中で、ベルゼブブと名乗った悪魔の幻が、次は本体で俺たちを排除すると言い残し、完全に消滅した。

おそらく魔法に長《た》けている上に、空を飛ぶ悪魔か。かなり遠くから来たようだし、今日中に来るとは思えないが、早急に対策は必要だな。

「お、お兄ちゃん！　怖かった……」

「大丈夫だ。何が来ても、俺が皆を絶対に守る」

震えながら抱きついて来たノーラの頭を、安心させるように撫《な》で、

「先程のベルゼブブがいつ来るか分からないから、一先《ひとま》ず家作りは続けよう。だが、別途空を飛ぶ相手の対策を検討したい。エリー、ニナは俺と一緒にシェイリーのところへ行ってくれるか？」

「ええ、わかったわ」

「すまないが、家についてはノーラとリディア、モニカに任せたい」

空を飛ぶ相手という事で、俺が思いついたのはエリーの攻撃魔法と、ニナに弓矢か投石機を作ってもらう事だが……空を飛べるシェイリーの意見も聞きたい。

そう考え、三人でシェイリーのところへ行こうとしたところで、

「お兄さん。この盾はどうしようか？　とりあえず急ぎで作ったんだけど」

ニナが小さめの盾を持って来てくれた。

持ってみると、見た目よりもかなり軽いのに、強度も申し分なさそうだ。

「お兄さんが作業中でも邪魔にならないように、ベルトに取り外しが出来るようにしたんだ」

「それは凄い！　流石《さすが》ニナだな。ありがとう。普段の盾は開拓作業中に持ち運べないが、代わりにこの盾を常に携帯するようにするよ」

「えへへ……どういたしまして」

ニナにお礼を言って頭を撫でていると、

「あの、アレックスさん。これ……エルフに伝わる魔除《まよ》けなんです。良ければ、お持ちになってい

ただければと」

リディアが小さな木の枝を持って来た。

「え？　でも、リディアの大切な物じゃないのか？」

「はい。ですが、せっかく作った物ですので、是非お持ちになっていただきたいんです」

なるほど。リディアが奴隷《どれい》にされてしまう前から持っていた物ではなくて、この魔族領へ来てから自身で作った物か。

「分かった。では、上着に付けておくよ。ありがとう」

「いいえ。アレックスさんが身に付けてくださるだけで、嬉《うれ》しいです」

小さな枝がピンの様に留められる作りだったので、上着に付けると、それを見たリディアが、嬉しそうに抱きついて来る。

「くっ……私も何か手作りの物をご主人様に渡して、肌身離さずつけてもらいたい！　だけど、そんな物は何も持ってないっ！　ノーラ殿は、自分で建てた家にご主人様が住む訳だし……生産職が羨《うらや》ましいっ！」

「私たちは戦闘職だから、仕方がないんじゃない？」

「エリー殿は諦《あきら》めるのか⁉　何か、何かあるはず……」

少し離れたところで、モニカとエリーが何か話しているようだが、何だろうか。

そろそろシェイリーのところへ行きたいのだが。

「あっ！　そうだっ！」

「何かあったの？」

「あぁ。逆の発想で、私が身に着けている、このパンツをご主人様に……ごふっ！　え、エリー殿。何故《なぜ》殴るのだ⁉」

「はしたないから、やめなさい」

「いや、変な意味はなくてだな。何もご主人様に被《かぶ》って欲しいとまでは思っていなくて、クンカクンカくらい……エリー殿⁉　魔法はダメだ！　怪我《けが》で済まなくなるっ！」

何をしているかは分からないが、暴走しかけたモニカをエリーが止めてくれたようだ。

◇◆◇

「シェイリー。居るか？　少し相談があるんだが……懸念していた、ベルンハルトの代わりがやってきたんだ」

「なぬっ⁉　ど、どこにだ⁉　そのような気配は感じておらぬぞ⁉」

「いや、リディアによると幻影らしくて、少し話をした後、次は本体で来ると言って、消えたんだ。幻と言いながらも、こちらの様子も見えている感じだったな」

「幻影で会話が出来るのか。だが、まだ本体は移動しておらぬようだし、かなり遠くから幻影を飛ばしてきた事から、相当な魔力の高さだな」

やはりそうか。俺も同じ事を思ったが、シェイリーがそう言うのであれば、間違いないだろう。

ひとまず俺たちが見た、ベルゼブブと名乗る悪魔？　の事をシェイリーに伝えておく。

「ふむ。人型で翼を持ち、空を飛ぶ上に魔力が高い……魔族か悪魔のどちらかだろうが、魔族はこちらの言語もスラスラ話すからな。片言で話すという事から、その奴《やつ》は悪魔だろう」

「悪魔という事は、聖属性以外の攻撃が効きにくい可能性があるな」

「そうだな。だが、全く効かない訳ではないと思うが」

これがシャドウ・ウルフであれば、聖属性以外の攻撃が効かないという、とんでもない性質を持つのだが、そこまでではないようだ。

尤《もっと》も、シャドウ・ウルフは、聖属性に弱いという弱点もあるので、聖属性による攻撃手段さえあれば、割と容易に倒せるが。

「ひとまず、相手が空を飛ぶ以上、エリーの魔法攻撃と、弓矢などの攻撃で、地上に引きずり降ろさないと、戦う事も出来ないと思うのだが……どう思う？」

「ふむ。普通の魔物であれば、それが正解だろう。だが、相当に強い悪魔が相手だとすると、先程アレックスが言った通り、魔法が効かなかったり、矢が避《よ》けられたりする可能性があるな」

「何か対策手段はないだろうか」

リディアの石の壁をもっと高くする……というのも一瞬考えたが、そんな物では届かないくらい高い場所を飛ばれてしまったらそれまでだしな。

矢を射る為《ため》の高台は作っても良い気がするが……矢が届かない所を飛ばれたら、それまでなんだよな。

「ふむ。方法がない訳ではない。我が龍の姿になり、アレックスやエリーを背に乗せて飛べば良いのだ。アレックスは魔族や悪魔が苦手とする聖属性の攻撃が出来るのであろう？　空を飛ぶ相手を空中で斬り、地面に叩《たた》き落《お》としてやるのだ」

「なるほど。接近戦なら俺も奥の手が使えるし、勝算はあるな」

「ただ、今我が話した方法を実践するには少し条件があり、これはエリーにとっては辛《つら》いかもしれぬぞ」

いろいろと策を考えていると、シェイリーから頼もしい言葉が返ってきた。

だが、条件というのが気になるが。

「あの、私にとって辛い条件って、何ですか？　私が何かを差し出すとか？　私に出せる物なら出すけど……」

「いや、対価が欲しいと言っている訳では無いのだ。前にも話したが、我は魔王に敗れて長期間封印されておった上に、未《いま》だ弱体化したままだ。この状態から回復するには、信仰や酒が必要で、今のままでは長時間ここから離れる事が出来ん」

「つまり、シェイリーさんを神様として崇《あが》めるとか、もっとお酒を持って来ないといけないって事ですか？　そういえば、お米で作ったお酒が良いんでしたっけ？」

「いや、信仰はもっと大勢の人数が必要だし、米の酒はあれば嬉しいが、すぐには手に入らぬだろう？」

「でしたら、一体何を？」

エリーが困惑していると、シェイリーが俺に目をやり、

「アレックスの子種が欲しい」

とんでもない事を言い出した。

「し、シェイリー⁉　な、何を言い出すんだっ⁉」

「ダメぇぇぇっ！　というか、どうして力を回復させるのに、アレックスの……その、アレが要るのよっ！」

「えーっと、お兄さんの子種……？」

シェイリーが変な事を言いだすから、俺とエリーが驚き、ニナがキョトンとしている。

エリーが慌てて俺にしがみ付いてくるけど、全力で止めなくても、俺がシェイリーに変な事をする訳ないのだが。

「まぁ待つのだ。適当な事を言っているのではなく、ちゃんと理由があるのだ。というのも、アレックスは以前に我の血を飲んでいるであろう？　我の力を取り込んだアレックスの体液が、我の回復に最も効くのだが……その中で最も魔力を含む体液が、何だか分かるか？」

「まさか、それが精……こ、子だ……ね？」

「その通りだ。何、今お主が想像しているのとは違い、体内に入れば何でも良い。だから、子作りをアレックスが望むのであれば、我は一向に構わぬが、そうでなくとも、口から飲めば良いという訳だ」

「く、口で……」

「うむ。お主たちの気持ちは知っておる。だが、近場ならばともかく、ここから長時間離れて、それなりの敵と空中で戦うとなると、今の我の力では無理だ」

シェイリーは真面目《まじめ》な表情で、冗談を言っているようには見えない。

とはいえ、いくらなんでも……だが皆を守るには、シェイリーの協力は必要不可欠だ。

どうしたものかと考えていると、エリーは顔を真っ赤《まっか》に染めて、俺をチラチラ見てくる。

ニナは、不思議そうな表情で、俺とエリーとシェイリーを順番に見ていて、

「お兄さん。どういう事──？　体液って、血液とかー？」

真っすぐに俺を見つめてくるが、一体どうすれば良いんだ？

「む！　そうだ。子種に次いで魔力の多い、血液でも良いぞ？　ただ、我は吸血鬼などではないから、血液よりも子種の方がありがたいが」

「血液で！　アレックス、指先をちょっと切りましょう。ちょっとだけ……先っぽをちょっとだけだから」

シェイリーの言葉を聞いたエリーが、俺を説得しようとするが、そんな事をするまでもなく、俺も血液を提供するつもりだ。

シェイリーに変な事はさせられないからな。

「ふふっ、我は子種でも構わないのだぞ？　飲むのは初めてだが、相当に魔力は濃いはずだ。きっと旨《うま》いと思うのだ」

「え？　子種っていうのが何かは分からないけど、美味《おい》しいのー？　じゃあ、ニナも飲むー！」

「ダメよっ！　ニナちゃんには早過ぎる……というか、アレじゃなくて、血液でしょっ！　ほら、アレックスも早くっ！」

何故かエリーに怒られながら、左手を出すと、人差し指の先端に、剣で小さく傷を付ける。

「ふむ。では、いただくとしよう。しかし、こんなにも小さな傷は……我にしゃぶれという事だな？　アレックスよ。本音は我に子種を……」

「バカな事を言ってないで、シェイリーさんも飲むなら飲んでよっ！」

「焦るでない。しかしエリーよ。もう少し余裕を持たぬと、大切な物を失うぞ？」

シェイリーが何やら意味深な事を言いながら、俺の指を咥《くわ》え……何故、口の中で舐《な》め回す必要があるんだ？

ちょっとくすぐったいんだが。

「……ゆ、指よ。あれはただの指なんだから」

「エリー。どうしてシェイリーは、お兄さんの指を吸うだけなのに、あんなに揺れてるのー？」

「し、知らないわよっ！」

シェイリーに血を飲んでもらい……って、指先の痛みが消えたな。

シェイリーは未だに俺の指を吸い続けているが……

「って、ストップ！　もしかして、シェイリーからもらった超回復スキルで……やっぱり！　傷が小さかったからか、もう治って血が止まっているんだが」

「そのようだな。しかし、まだ足りぬ故、やはりアレックスの子種を……」

「アレックス！　今度はもう少し大きい傷にしましょう。あと、指はもうダメよ！　腕……腕にしましょう！　スパッと！　スパッといっちゃいましょ！」

いや、あの……エリーの言い方だと、相当深い傷になりそうなのだが。

いくら治癒魔法や超回復スキルがあるとはいえ、痛いのは痛いからな？

とはいえ指先だと、またシェイリーが変な事をしかねないが。

「あ！　よく考えたら、魔力を分け与えるのであれば、俺は魔力を分けるスキルが使えるぞ？　ちょっとやってみよう。《シェア・マジック》」

「ふむ……足りぬな。我にとっては、その回復量では日が暮れてしまうぞ？　やはりアレックスの子種を……」

「よし、今度は腕を浅く長く切った。すまないが、この血で頼む」

リディアやエリーが魔法を使う時は、シェア・マジックのスキルで十分なのだが、シェイリーは更に魔力の容量が大きい為、足りないという事なので、左腕を切って血を提供する。

暫《しばら》くシェイリーが血を飲んだところで、口を離す。

「ふむ。少し回復したが……今の我ではこれが限界か。どうやらこれ以上飲んでも意味は無さそうだな」

シェイリー曰《いわ》く、今は本来とは違い、魔力がコップ程度の小さな容量で満杯になって溢《あふ》れ出してしまうらしい。

そのため、力が回復して魔力の容量が大きくなったら、また改めて血や酒が欲しいそうだ。

……だが、シェイリーからすると小さなコップでも、リディアやエリーよりも遥《はる》かに魔力が多いという事か。

「シェイリー。今は、どのくらいまで地上に居られそうなんだ？」

「はっきりとは分からぬが、半日……いや、更にその半分くらいなら大丈夫だと思うぞ」

「なるほど。それだけの間、シェイリーが居てくれるのであれば、何とかなるかもしれないな」

「待つのだ。今のは、あくまで我が地上に居られる時間の話だ。空を飛ぶ相手と戦闘となると、当然激しく動く事になるだろうし、我が攻撃や防御で魔法を使う事だってあるだろう。そう考えると、実際に戦闘を継続して行える時間など、ほんの僅《わず》かな時間に過ぎん」

確かに、言われてみればその通りか。

ジッと座ったまま息を止めろと言われれば、それなりの時間を過ごす事が出来るが、息を止めたまま全力で戦えと言われれば、もって十数秒だろうしな。

「ひとまず、戦闘に備えて我はこの社にいよう。西の方に感じる大きな魔力がこちらに向かって動き出したら、すぐにアレックスたちのところへ向かう事にする」

「わかった。すまないが、その時はよろしく頼む」

「はっはっは。アレックスは我を助けてくれたのだ。我がアレックスを助けない訳がないだろう。それに、またこの地に魔族や悪魔がはびこるなどという事態は、我も避けたいからな。全力で排除しようではないか」

そう言って、シェイリーが地上まで送ってくれたので、俺たちもノーラたちの居る南の建築予定場所へ向かう。

「ねー、お兄さん。結局、子種って何だったのー？」

「さ、さぁ。俺にはよく分からないな」

ニナから先程の話が蒸し返され、とりあえず誤魔化《ごまか》すと、今度はエリーに純真な目が向けられる。

「わ、私も分からないわね」

「えぇー！　んー、何だったんだろー？」

「え、えっと、シェイリーさんはアレックスの血液でも良いって言っていたでしょ？　だから、アレックスの体液の一種なのよ」

エリーの説明も間違ってはいないのだが、そもそもこの話を続けない方が良い気がするので、家作りの話を振ろうとしたところで、突然ニナが頷《うなず》きだす。

「……そっかー！　だから、お兄さんとキスした時に、ちょっと魔力が増えたような気がしたんだねー！」

「えっ!?　ニナちゃん。今のはどういう事!?」

「お兄さんの体液に魔力が含まれるって事でしょ？　お兄さんとキスした時に、唾液《だえき》をもらったから」

なるほど。あれは俺が一方的にスキルを貰《もら》っているだけだと思っていたのだが、そんな効果もあったのか。

とはいえ、愛し合う者での愛情表現の一つであり、そういう事を目的にすべき事ではないと思っていると、

「……アレックスのバカ」

先程までとは違って、エリーが何かを思い出したかのように態度を変えてしまった。

第六話　ベルゼブブ

シェイリーが力を回復させる為《ため》にと、俺の血を飲んだ日から、数日。

最初は警戒して全員で地上に残り、家を作るノーラを守るようにして常に空を確認していたけど、あのベルゼブブという悪魔の本体が来る前に新しい家が完成した。

「出来たーっ！　お兄ちゃん。家具はまだだけど、お家が出来たよーっ！」

「おぉっ！　ありがとうノーラ。皆も協力してくれて本当に助かったよ」

頑張ってくれたノーラの頭を撫《な》でつつ、全員を労《ねぎら》い、荷物を移動させる事に。

とはいえ、基本的に荷物というのが、俺とエリーとモニカが魔族領へ来る際に持って来た物と、冒険者ギルドからの定期便でタバサが送ってくれた物に、ニナとノーラが作ってくれた武具や農具、調理器具と食器くらいしかないが。

「そうだ。ノーラが作ってくれた二段ベッドは、一旦《いったん》分解して運べば良いのか？」

「あ、このベッドはここに置いておこうと思うの。新しい家は部屋が広いし、また向こうに合ったベッドを作るよ」

「何だか、すまないな」

「ううん。前から思っていたんだけど、あれって上の段で寝る人が可哀想《かわいそう》だもん。ボクもだけど、皆お兄ちゃんと一緒に寝たいと思うんだ」

そう言って、ノーラが俺にくっついてくる。

本当は抱きつきたいのかもしれないが、皆それぞれ荷物を持っているからか、自重してくれているようだ。

「あとは、前にやってきた悪魔をどうするかですね。空を飛ぶ相手だと、私の石の壁ではどうする事も出来ませんからね」

「シェイリーが俺とエリーを乗せて空を飛んでくれる事になっているから、何とか相手を地上へ引きずり降ろしたいところだな。空中で奥の手を使うのは危険過ぎる」

「アレックスさんの、あの攻撃スキルの事ですよね？　確かに強力ですが、無理はなさらないでくださいね」

俺の体力と魔力の殆《ほとん》どを消費して強力な一撃を放つ、自爆技とも呼ばれるグランド・クロスは、使った後に動けなくなってしまうので、使い所は間違えないようにしないとな。

「そうだ。ニナが作ってくれたクロスボウなんだが……何か当てるコツは無いだろうか」

「んー、よく狙《ねら》ってから撃つ……としか言えないけど、今日も練習しよっかー」

「すまない、よろしく頼む」

空中で相手に剣が届くところまでシェイリーが近付けるか分からなかったので、元々想定していた弓矢による攻撃も出来るように……と、ニナに片手でも扱える弓矢を作ってもらったのだが、これがかなり難しい。

元々器用な方ではないから、中々思った所に飛んでくれないんだよな。

なので、ノーラの家作りを手伝う一方で、時間を見つけてニナに特訓してもらっていた。

とはいえ、ニナも鍛冶《かじ》師であって弓使いではないので、お互い手探り状態ではあるのだが。

「そうだ。お兄さん、お風呂《ふろ》も見てよー！　家はノーラが作ってくれたけど、お風呂はニナが頑張ったんだからねー！」

「そうそう。ニナちゃんが、大きなお風呂を作ってくれたんだよ！」

ニナ曰く、今まで小屋の近くにあった風呂を、更に一回り大きくして、泳げるくらいにしたらしい。

最近はニナとノーラとの距離が近くなった事もあり、二人共裸で抱きついてくるようになってしまったので、広くする前に風呂を男女別に分けて欲しいのだが……あー、リディアが精霊魔法で水を出す都合で、一つの方が良いのか。

しかし、二人共無邪気に抱きついてくるが、エリーの目が冷たくなってしまうので、どうしたものかと考えていると、突然モニカが声を上げる。

「ご主人様！　向こうから空を飛ぶ蛇……いえ、龍がやってきます！」

「ん？　それはシェイリーの事か？　……って、もしかしてベルゼブブが動き出したのか⁉」

慌てて家を飛び出すと、やはり龍の姿になっていたシェイリーで、普段の女の子の姿になり、地面に降り立つ。

「アレックス。例の悪魔が動き出した！　西から大きな魔力が近付いてくる」

「来たか。ニナ、あるだけ矢をくれないか」

「待ってて！　すぐに持って来る！」

一緒について来ていたニナが家に戻ると共に、エリーとモニカを呼ぶ。

「エリーは俺と一緒に、シェイリーと空へ。モニカは地上で待機していてくれ。可能であれば、奴《やつ》を地上へ落とすから、俺と一緒に攻撃して欲しい」

「分かったわ」

「承知しました。お任せください」

エリーとモニカが、それぞれ杖《つえ》と剣を手にし、俺も鎧《よろい》と盾を装備し、ニナが持って来てくれた矢筒を腰に着け、ひとまず戦闘準備は整った。

リディアとノーラとニナは、家の中で待機してもらい、西の空を見つめていると……遠目に黒い鳥のような物がV字に並んで飛んでいるのが見える。

「多いな。もしかして、あれが全《すべ》て悪魔なのか⁉」

「いや、やっかいなのは一番後方にいる者だけだろう。手前を飛んでいるのは、ただの翼を持つ魔物だ。とはいえ、あの数はマズいな。我の戦闘可能時間が……ひとまず、雑魚《ざこ》はエリーと我の魔法で一掃する。やっかいなのは、我とアレックスで倒すぞ」

「分かった。すまないが、頼む」

元々は、俺とエリーとシェイリーとでベルゼブブに攻撃するつもりだったが、まさか大軍で来るとは思わなかった。

だが、あの幻影が現れてから、ここまで時間がかかっていた事を考えると、想定しておくべきだったか。

「さて、久しぶりにひと暴れするが、相応の魔力を消費する。という訳で、この戦いが終わったら、アレックスには今度こそ子種を……」

「え？　ご主人様⁉　今、そちらの幼女は何と……」

「そ、そんな事より、そろそろ来るぞっ！　想定と違って魔物が多い。万が一シェイリーとエリーの攻撃から生き残った奴《やつ》が、地上に降りて来た時は……すまないがモニカに任せる」

シェイリーが変な事を言いだしたので、傍《そば》で控えていたモニカが反応し……いや、こんな話をしている場合じゃないんだ！

「さて、こちらも迎撃態勢に入るか。アレックス、エリー。我の背に乗るのだ」

「ご主人様！　私もご主人様の子種が欲し……」

「モニカ！　地上は任せたぞっ！」

エリーと共に龍の姿になったシェイリーの背に乗ると、空高く舞い上がる。

地上にいるモニカが、小さく見える程に高く上がったところで、魔物たちの先頭集団が近寄って来た。

「さて、先《ま》ずは前哨戦《ぜんしょうせん》だ。エリー、良いか?」

「任せてっ!《サンダーストーム》!」

エリーが攻撃魔法を使用し、手にした杖から激しい雷が生み出されると、翼を持つ魔物たちを貫いていく。

三体の魔物が黒焦げになり、ゆっくりと地面へ落下していった。

「先ずは三体だな。では、次は我が行こう……《樹氷》」

シェイリーが聞いた事の無い何かのスキルを使うと、残りの先頭集団の魔物たちが次々に凍り付き、即座に地面へ落下する。

壁の外側に落ちた魔物は、粉々に砕け散り……流石《さすが》にあれは確認するまでもなく、息絶えているだろう。

「ふむ。無事、壁の外に落ちて砕けたな。万が一、家の上に落ちたら、アレックスからどんなお仕置きを受けるのかと、わくわ……こほん。ドキドキしたぞ」

「いや、そう思うなら、他の魔法にして欲しいのだが」

「というかシェイリーさんは、わくわくって言いかけませんでしたっ!?」

エリーと共にシェイリーへ指摘していると、今度は魔物たちが速度を上げて向かって来た。

「アレックスは我にお仕置きをしてくれぬのか？　……っと、ふざけている場合ではないな。少し、激しく飛ぶぞ！」

「アレックス！　魔法で攻撃するから、私を支えてっ！」

「任せろっ！」

左手でシェイリーにしがみ付きつつ、右手でしっかりとエリーの脚を抱きかかえる。

シェイリーが魔物の攻撃を避《よ》けながら、右へ左へと飛び、そんな状態にもかかわらず、エリーが攻撃魔法で魔物を減らして行く。

何体かは、壁の内側に落ちてしまったが、見た所ではモニカがきっちり止《とど》めを刺してくれているようだ。

時折、エリーの魔法に耐える奴がいるものの、シェイリーの動きを見計らい、ニナに作ってもらったクロスボウで止めを刺す。……俺の腕はイマイチだが、的が大きいので何とか仕留められるようだ。

暫《しばら》くすると、一番後ろに居た黒い悪魔――ベルゼブブだけとなっていた。

「《樹氷》」

あっという間に他の魔物が倒されて驚いているのか、茫然《ぼうぜん》としているベルゼブブにシェイリーが攻撃魔法を放つ。

ベルゼブブの身体《からだ》が凍り付いたので、他の魔物と同様に落下していくのかと思ったのだが、一瞬で氷の方が粉砕された。

やはりこいつは悪魔なので、聖属性以外は効きにくいのかもしれない。

「コノチカラハ……セイリュウ⁉　フウインサレテイタハズ！」

「ふっ……我の事を知っておるか。だが……この者の強さは知っておるかな？」

シェイイリーの魔法が効かなかったからか、至近距離でシェイリーとベルゼブブが顔を突き合わせているので、シェイリーの背を駆け抜け、そこへダイブする。

「《ホーリー・クロス》っ！」

「ナッ⁉　……クッ！」

ベルゼブブが慌てて回避しようとするが、片方の翼を半ばから斬り落とした。

バランスを崩したベルゼブブが、くるくると回転しながら、地面に落ちて行く。

もちろん俺も一緒に落下しているのだが、固い地面へ落下する前に、空中でシェイリーが咥《くわ》えてくれた。

「すまん。助かる」

「まったく。予想出来ていたから良かったものの、空中で我の背から跳ぶなど、正気の沙汰《さた》ではないぞ？」

「まぁシェイリーなら大丈夫かなと思ってさ」

「一歩間違えれば、ただでは済まない高さだぞ？　まぁそのおかげで、奴はもう空を飛べぬだろう。

我はそろそろ時間切れだ。後は任せたぞ」

そう言って、シェイリーがエリーと共に地面へ下ろしてくれたのだが、

「アレックス。実は奴の魔法を未然に十二発防いでおる。だが、相応の力を持っているから、気を付けるのだ」

思わぬ言葉と共に戻っていった。

そうか。ベルゼブブが何も仕掛けて来ないと思っていたのは、シェイリーが守ってくれていたのか。

改めてシェイリーに感謝しながら、壁の内側に落ちたベルゼブブの許《もと》へ剣を抜いて駆け寄る。

「ご主人様！　あの一番大きい奴以外は全て止めを刺しました」

「モニカ！　助かる！　後はベルゼブブだけだが、奴は魔法タイプの悪魔らしい！　魔法を使われる前に倒すぞっ！　《ディボーション》」

あの高さから落ちたら、普通は無事では居られないはずだが、こいつは片方の翼が生きていたから、落下の衝撃はそれほどではないはずだ。

モニカにパラディンの防御魔法を掛け、左右二方向から同時に攻撃を仕掛ける。

だが、やはり悪魔は聖属性以外の攻撃が効きにくいのか、

「《ホーリー・クロス》……くっ！　防がれたか」

モニカの斬撃や攻撃魔法は殆ど防がず、俺が攻撃を放とうとする時だけ、半透明の盾のような物

を生み出して攻撃を防ぐ。

もちろん、モニカの攻撃が効いていない訳ではない。

だが、俺の攻撃スキル――聖属性で攻撃して付いた傷はそのままだが、モニカの攻撃で付いた傷は、徐々に回復するようだ。

こいつもそれが分かっているようで、魔法を使って俺の攻撃を防ぐ一方、鋭利な爪で俺を攻撃してくる。

「ちっ！　私の攻撃は防ぐ必要が無いって事かっ⁉」

「《ウインド・カッター》」

モニカの攻撃が一瞬緩んだところで、風の刃《やいば》がベルゼブブの背中を切り裂く。

「エリー殿⁉」

「モニカさん！　あいつがアレックスに集中しているなら、私たちで倒しましょう！　聖属性以外の攻撃が回復されるのであれば、回復する前に次の攻撃を！　手数で押すのよ！」

「私も加わります！　《大地の槍《やり》》」

エリーの攻撃の後、リディアも加わったかと思うと、

「とぉーっ！　ニナも頑張るよっ！」

ニナも斧《おの》を手に戦闘へ参加していた。

幸いノーラは家に居てくれているみたいで安心したのだが、その直後、ベルゼブブが……笑った⁉

「《ディボーション》」

嫌な予感がして、咄嗟《とっさ》にニナへ防御スキルを使用した直後、

――EXPLOSION――

ベルゼブブが謎の言葉を発したかと思うと、衝撃と共に大きく吹き飛ばされた。


どうやら気を失っていたらしく、気付いた時には真っ暗になっていた。

「何が……起こったんだ!?」

「アレックス！　アレックスーっ！」

「……エリー？　皆は……無事か？」

「ええ。アレックスのおかげで。それより、治癒魔法は使える!?　早く、怪我《けが》を……」

「怪我!?　誰か怪我をしているのか!?」

「何を言っているのよ！　アレックスが……パラディンの防御スキルで、モニカさんとニナちゃんを庇《かば》ったアレックスが、一番ダメージを受けているでしょっ！」

俺が!?　言われてみれば、身体に力が入らない。

とりあえず、どれくらいの怪我なのかを確認したいのだが、依然として視界が真っ暗で、何も見えない。

まさか……目をやられたのか。

「《ミドル・ヒール》……エリー。感覚が無いのだが、治癒魔法は発動したのだろうか」

「……ううん。治癒魔法が発動しない程……そ、そうだわ！　今すぐシェイリーさんに来てもらえれば！　シェイリーさんの血を飲ませて貰《もら》えば、またあの時みたいに回復するはずっ！」

エリーが慌てて俺をシェイリーのところへ連れて行こうとしているようだが……残念ながら、身体の感覚が無くて、どういう状況なのかもわからない。

「エリー、待ってくれ。俺は、どれくらい酷《ひど》いんだ？　目が……見えないんだ」

「……外傷は、アレックス自身がベルゼブブに吹き飛ばされた時の傷だけよ。でも、モニカさんとニナちゃんの二人分の爆発ダメージも負っているでしょ？　だから見た目では分からないけど、体内の蓄積ダメージが凄《すご》いと思うの」

「爆発⁉　……そうか。あの時、ベルゼブブに魔法を使われたのか！　エリー、ベルゼブブは⁉」

「大丈夫。気にしなくて良いから。それより今は、アレックスを……」

「そういう訳にはいかない！　俺は皆を守ると約束し……⁉」

興奮し過ぎたのだろうか。

声が……出ない⁉　ベルゼブブの魔法攻撃を三人分受け、身体が限界だというのか⁉

そんな！　俺は……俺はまだ戦わなくてはならないんだ！

奴隷解放スキルでリディアたちを魔物が居るこの地に呼んだ以上、俺は守る義務があるというのに！　家に帰すという約束も果たせていないのに！

くそっ！　どうして俺は、こんなに弱いんだぁぁぁっ！

「アレックス！　もうっ！　どうしてアレックス以外に治癒魔法が使える人が居ないのよっ！　シェイリーさんっ！　お願い、アレックスを助け……そ、そうだっ！」

エリーが何かを思いついたらしく……何かを飲まされた？

これは一体、何だ？　まだ聴覚以外の感覚が無くて……え⁉

「エリー⁉　これは……」

「あ、アレックス⁉　目が……もしかして、私の事が見える⁉」

「あぁ。それに……身体《からだ》も動きそうだ。《ミドル・ヒール》」

試しに治癒魔法を使ってみると、身体の疲労が消えていく感じがして……発動している⁉

「エリー。俺に何を飲ませたんだ？」

「え？　そ、その……それより、まだベルゼブブが！　あっちでモニカさんたちが戦っているの！」

「わかった！　先にモニカたちを助けよう！」

エリーに言われた方向を見てみると、リディアが石の壁でベルゼブブの攻撃を防ぎながら、モニカが攻撃を続けている。

ニナは、先程の爆発魔法を警戒してか、俺が落としたと思われるクロスボウで少し離れて攻撃を続けていた。

だが俺が気を失ったからか、防御スキルの効果が切れてしまっているらしく、三人とも身体から血を流している！

「うおぉぉぉっ！」

「アレックスさん！　大丈夫なのですかっ!?」

「あぁ、すまなかった！　リディアも、モニカも、ニナも下がってくれ！　こいつは俺が倒してみせるっ！」

理屈はわからないが、エリーに何かを飲まされてから、物凄《ものすご》く身体の調子が良い。

モニカたちを傷付けたこいつは、絶対に許さん！

「《ホーリー・クロス》っ！」

「ガハッ！　ナゼダ……サッキハ、フセゲタノニ」

「うるさいっ！　俺の仲間を傷付けたお前は、絶対に俺が倒すっ！　《ホーリー・クロス》」

ベルゼブブが魔法の盾を生み出すが、何故《なぜ》かその盾ごと斬る事が出来る。

どうやら、先程と今とで俺が強くなっているようだが、考えるのは後だ！

十字の斬撃を連発し、ベルゼブブの身体を何度も斬っていき……ついに動かなくなった。

「倒した……のか？」

「お兄さん！　ありがとーっ！　あと、ごめんなさいっ！　ニナの怪我を肩代わりしたせいで、凄いダメージを受けたんだよね!?　今は大丈夫!?　もう治った!?」

「あぁ、エリーが薬か何かを俺に飲ませてくれたらしくてな。だから、気にするな」

「……お兄さん！　本当に無事で良かったよーっ！」

ニナが泣きながら抱きついて来て……いやその、嬉《うれ》しいのかお詫《わ》びのつもりなのか、何度もキスするのはやめてくれないだろうか。

リディアから冷たい視線を感じるからな。

「よ、良かった。私のせいで、ご主人様に万が一の事があったのではないかと思って……本当に良かったですーっ！」

張りつめていた緊張の糸が切れたのか、モニカがその場にペタンと座り込む。

その直後、謎の水溜《みずた》まりが出来たのだが……リディアから、見てはダメだと言われ、目を逸《そ》らす事に。

だが、気を抜くのはまだ早い。一つ気になる事がある。

「皆、俺は大丈夫だから、一旦《いったん》落ち着こう。それより、皆気を付けてくれ！　悪魔や魔族を倒すと、女神様の声が聞こえてきて、エクストラスキルを授かるんだ。だが、まだ女神様の声が聞こえてこない。こいつはかなりの魔法の使い手だし、また幻とか影武者とかで生き延びている可能性があるから、警戒を解くのは早いんだ」

「えっ⁉　お兄さん。このピクリとも動かない状態だけど、まだ生きてるの⁉」

「おそらくな。身体を小さくして身を隠しているのか、実はこいつも本体ではなく、遠い場所に居るのか……まずは治癒魔法でニナたちの傷を治すから、その後本体を探そう」

先《ま》ずはニナの傷を治し、次にリディアへ。

その次は、まだ座り込んだまま動かないモニカの傷を治そうと思ったのだが……何かモニカの様子が変だな。

「モニカ、大丈夫か？　どうしたんだ？」

「あ、あの……ご主人様。おそらく、そのベルゼブブはもう大丈夫です」

「どういう事だ？　本体を見つけたのか？」

「何と言いますか。その、私のお漏ら……げふんげふん。私に近付いて来た大きめの蠅《はえ》が居たので剣で斬ったら、不思議な声が聞こえてきて、悪魔を倒したからエクストラスキルを授けると……」

「それだっ！　そのモニカが斬ったという蠅が、こいつの本体だったんだ！」

元々、その蠅が本体だったのか、俺が攻撃し続けた結果、小さな蠅に姿を変えて逃げたのかは分からないが、モニカがエクストラスキルを授かったというのであれば、間違いないだろう。

念の為《ため》に確認させてもらうと、モニカが座っていた場所にある、謎の水溜まりの中に蠅の死骸《しがい》があり……影のように消えていった。

同時に、先程俺が斬ったベルゼブブの身体も消滅したので、もう大丈夫だろう。

「良かった。皆、無事で本当に良かったよ」

「アレックスさんが無事で、本当に良かったです！　本当は私もアレックスさんのお傍《そば》に駆けつけたかったのですが、先にエリーさんが走り出してしまったので……」

「あ！　エリーと言えば、俺に何の薬を飲ませてくれたんだ？　エリーが何かを飲ませてくれてから、身体が動くようになったし、ベルゼブブが作り出した魔法の盾を壊せるようになったし、かなり強くなった気がするんだ。本当に助かったよ。ありがとう」

リディアの言葉で、エリーに礼を言わなければならない事を思い出し、礼と共に何を飲ませたのかを聞いてみた。

するとと、何故かエリーが顔を赤らめ、俯《うつむ》きだす。

「エリー？　どうしたんだ？」

「え、えーっと、その……」

「ん？　言い難《にく》ければ、別に構わないが、ただ貴重なポーションなどだったら、申し訳ないなと思っただけなんだが……」

「ち、違うのっ！　わ、私がアレックスに飲ませた……というか、リディアさんやニナちゃんと同じ事をしただけなの！　アレックスにキスしただけなのっ！」

え？　キス？　つまり、俺が飲んだのはエリーの唾液《だえき》で、それにより何らかのスキルを授かったという事なのか⁉

「えっと、エリーからもらったスキル……が、何かは分からないが、そのスキルのおかげで、強くなったという事か」

「た、たぶん。私からもらったスキルっていうのが何かは分からないけど、アレックスが《捕食》

スキルで強くなるのは分かっているし、リディアさんたちとキスしてスキルを得ていたから、一か八《ばち》かで……でも本当に良かった！　リディアさんやニナちゃんも、それぞれが得意としている事に関するスキルがアレックスに渡されたみたいだし、きっと私の事だから、癒《いや》しの聖女的なスキルとか、そんな感じじよね！」

「エリーさんはアークウィザードというジョブですよね？　あと、自分で自分の事を聖女だなんて、良く言えますすね」

えーっと、せっかく纏《まと》まりかけていたから、リディアは火に油を注ぐような事を言うのは止《や》めてくれないだろうか。

いや、変な対抗心を抱かず、皆仲良くして欲しいのだが。

どうしたものかと思っていると、火花を散らす二人の中にモニカが割り込んで行く。

「おぉ、エリー殿もご主人様とやっとしたのか。これで全員ご主人様の恋人だな」

「えっ⁉　やっとした……って、まさかモニカさんは私よりも先にアレックスとキスをしていたの⁉」

「ふっふっふ。私がキスだけで済ませるとでも思うのか？」

「な、何ですって！　アレックス！　どういう事なのっ⁉　説明しなさいっ！」

モニカの言葉でエリーが怒りだし、その上矛先が俺に向く。

「ちょ、ちょっと待った！　エリー、せっかくベルゼブブを倒したんだ。今は、それで良しとしないか⁉」

「そんなの関係ないでしょっ！　幼い頃《ころ》からずっと一緒に居て、一番長く過ごしてきた私が一番最後ってどういう事なのよっ！　私はずっと……ずーっと昔から、アレックスの事が好きだったんだからっ！　私もアレックスの恋人にしなさいっ！」

「エリー⁉　ベルゼブブと戦っていた時よりも、練られている魔力が強くないか⁉　エリーッ！」

一先《ひとま》ず皆でエリーを宥《なだ》め、改めて恋人同士だという話をして、何とか治まった。

その後、家の中に隠れていたノーラにも状況を説明し……ひとまず、今回は無事に乗り切る事が出来たようだ。

エピローグ　エクストラスキルを得たモニカ

皆で協力し、ベルゼブブを倒した翌日。

ノーラが作ってくれた新しい家の大きなベッドで目を覚ます。

昨日《きのう》は風呂《ふろ》で戦闘の汚れを落とした後、疲労からか泥のように眠ってしまったが……起きたら、相変わらずニナとノーラが俺の上に乗って眠っているのは、どういう事だろうか。

以前の二段ベッドとは違い、全員が横に並んでも大丈夫な大きさなので、余裕をもって眠れるはずなのだが。

「あ、起きた？　えっと、その……おはよう、アレックス」

「あぁ。おはよう、エリー」

「そ、その……何だか照れるわね。私とアレックスが、こ……恋人だなんて」

「あー、そう……かな。長年一緒に過ごして来て、初めての大きな変化だからな」

エリーは幼馴染《おさななじみ》……という感じだったので、こう改まられると、困ってしまうな。

「ご主人様、心配無用です！　私も恋人ですからね！　さぁこの前の続きをしましょう！」

「そう、それよっ！　その、アレックスはモニカさんと何処《どこ》までいったのよっ！」

「え？　どこまでって、シェイリーが作ってくれた森だが？」

よく分からないエリーの質問に、嘘《うそ》偽りなく正直に答えたというのに、何故かジト目を向けられてしまった。

一体何がマズかったのか……と思っていると、朝食が出来たとリディアが呼びに来てくれたので、ニナとノーラを起こしてリビングへ。

大きなテーブルに、パンやサラダが並び、

「おはよう。スキルを見る限り、エリーとも上手くいったようだな」

何故かシェイリーが席に着いていた。

「シェイリー。社から離れて大丈夫なのか？」

「うむ。前にも言ったが、戦闘をしてしまうと僅《わず》かな時間しか居られぬが、そうでなければそれなりの時間を過ごす事が出来るからな。だがそんな事よりも、昨日我が時間切れになった後の事を聞きに来たのだ」

「あぁ、そういえばそうだったな。じゃあ、昨日の話は朝食をいただきながら話すよ」

リディアが作ってくれた朝食を美味《おい》しくいただきながら、シェイリーが戻った後の話を説明する。

どうやらシェイリーは社に戻った後、ベルゼブブから大きな魔力が発せられた事を感知したものの、動く事が出来ずに困っていたようだ。

「シェイリー。そのベルゼブブの爆発魔法の後なんだが、エリーから貰《もら》ったスキルのおかげで勝利出来たんだ。だが、それがどんなスキルか分からないから、見てくれないか？」

「あぁ、なるほど。アレックスはこのスキルを無自覚で使っていたのか。まぁアレックスらしいといえばアレックスらしいな。……まぁエリーも無自覚でよく使っておるが」

無自覚でエリーが使っている？

エリーと無言で目が合った後、一体どんなスキルなのかと、シェイリーの説明を待つ事に。

「アレックスが新たに得たスキルは、バーサークだ」

「え？　バーサーク!?　それは、どういうスキルなんだ？」

「怒っている間、能力が上がるスキルだ。これは我の推測に過ぎぬが、話を聞いた限りでは、アレックスが怒り、バーサークが発動した事によって、超回復スキルの効果が向上し、動けるようになったのだと思うぞ」

「なるほど。あの時、モニカたちが傷付けられているのを見て、かなり怒っていたからな。それで、ベルゼブブの盾も壊せたのか」

言われてみれば、走っている時も足が軽かったような気がする。

それに、エリーは怒っている時の方が魔力が練られているような気がしていたしな。

「なるほど、納得だな」

「ま、待ってよ！　私、そんなに怒ってる!?　私から貰ったスキルがバーサークだなんて、何かの間違いよ！」

「いや、エリー殿はしょっちゅう怒って……いや、何でもない。うん、何でもないいんだ」

エリー、そういうとこだぞ？

エリーに睨《にら》まれ、モニカが黙ってしまったが……って、そうだ。これも確認しておかなければ。

「そういえば、モニカはベルゼブブに止《とど》めを刺して、エクストラスキルを得たんだったな。どんなスキルだったんだ？」

「はい。何でも、『聖水生成』スキルだそうです」

「えっ⁉　何それ、いいなー。私のバーサークと違って、本当に聖女みたいだし」

モニカの話を聞いて、エリーが羨《うらや》ましそうに口を尖《とが》らせる。

どうやらエリーは、俺が貰ったスキルがバーサークだった事をかなり気にしているようだ。

これから、極力触れないようにしようか。

「モニカ、凄《すご》ーい！　聖水が作れるのー⁉　あのねー、聖水があれば、ニナの鍛冶《かじ》魔法で武器や防具を更に強化出来るんだよー！」

「それに、高位の神聖魔法の媒体に使う事も出来るはずだ。パラディンの俺は中位の神聖魔法までしか使えないから必要はないが、聖水は貴重だからあって損はしないいんじゃないか？」

ニナと俺の言葉で、エリーがますます羨ましそうにしているが……これぱっかりはどうしようもないからな。

「ところで、俺のエクストラスキルのように、使用条件があったりするのか？」

「そ、それが……どうやら聖水は私の体内で生成されるらしいんです。そのため聖水の出し方が、おしっ……」

「終了っ！　モニカのそのスキルは無かった事にしよう！」

「えぇっ⁉　ご主人様っ！　聖水は貴重なんですよね⁉　せっかくなので、使ってくださいっ！」

ベルゼブブを倒し、モニカがせっかく得たエクストラスキルなのだが、使用するのはかなり難しいようだ。

取り急ぎ、聖水を必要としていないし……うん。やはり、聞かなかった事にしよう。

「……前言撤回。やっぱり私、そのスキルは要らないかな」

「ご主人様！　せめてエクストラスキルの効果を確認くらいはしてくださいませっ！」

「無理だーっ！」

ベルゼブブを倒して、ひとまず危機を退けたものの、困ったスキルを得てしまった。

挿話五　苦渋の決断をする冒険者ギルドの職員タバサ

アレックスさんが魔族領へ行ってくれた後、エリーちゃんとモニカさんが後を追って行った。

アレックスさんはモテモテで凄いわねー。

ただ、エリーちゃんとモニカさんに挟まれ、三角関係で物凄《ものすご》く苦労しそうだけど。

そんな事を考えていると、アレックスさんとエリーちゃんと一緒にパーティを組んでいた、プリーストのステラさんがやって来た。

「タバサさん。折り入って、少しご相談があります」

「わかりました。個室を用意するので、少し待っていてください」

随分と真剣な表情だったので、いつもみたいに依頼を受けに来たという訳ではなさそう……というか、だいたい相談内容は予想がついている。

ギルドで手続きを済ませ、個室を確保すると、ステラさんを促して部屋の中へ。

「掛けてください。あと、ステラさんはご存知《ぞんじ》だと思いますが、ここは防音魔法が掛けられているので、会話の内容が外から聞かれる事はありませんし、ギルド職員である私が相談内容を漏らす事もないので、ご安心ください」

「ありがとうございます。では、率直に言わせていただきますが……パーティが解散の危機に瀕《ひん》しています」

ですよねー。

うん。ステラさんには本当に申し訳ないけど、予想通りの内容だった。

というのも、元々アレックスさん、エリーちゃん、ステラさん、そしてローランドさんの四人で活動していて、S級パーティにランク付けされていた。

ところが、ローランドさんが嘘を吐《つ》いて、アレックスさんをパーティから離脱するように仕向け、代わりに双剣使いのグレイスさんが加わる事に。

ここまでは、まだ何とかなっていたんだけど、ローランドさんがエリーちゃんを押し倒そうとしたから、当然エリーちゃんがパーティから抜けて、そのまま魔族領へ。

残ったステラさんとグレイスさんから、女性の後衛ジョブの冒険者を紹介して欲しいって言われて……

「申し訳ないのですが、タバサさんに紹介していただいたフィーネさんが、その……戦力になっていなくて」

「そう……ですか」

「はい。私とグレイスさんは、もう少し成長を待ってあげようと思うのですが、新たに加わった、もう一人の仲間が強く非難しているんです。その都度、庇《かば》ったり宥《なだ》めたりしているのですが、フィーネさんも、そんな言葉を掛けられるのは辛《つら》いでしょうし……」

「わかりました。フィーネさんを紹介したのは私ですし、後は私が何とかします」

やっぱり、こうなってしまったか。

一礼して部屋を出て行くステラさんの背中を眺め……どうしようかと頭を抱える。

というのも、つい最近成人になったフィーネちゃんは、ウィッチという極めて珍しいジョブを授かった女性だ。

世界中の冒険者ギルドに問い合わせても前例がない為《ため》、ギルドマスターからはフィーネちゃんを特別扱いして、必ずA級以上の冒険者と組ませて保護するようにと、密《ひそ》かに指示が出ている。

「はぁ……だけど、このウィッチっていうジョブが曲者《くせもの》なのよねー」

名前からすると魔法を使いそうなジョブなのだが、冒険者ギルドの研修で何度練習しても、初級魔法ですら一度も成功しなかった。

ならば戦闘に関するジョブかと言えば、そんな事はなく、細いフィーネちゃんの腕では剣を振り回す事なんて到底出来ない。

「勇者よりもレアで、前例が無いジョブだから、どういう風に活躍出来るかが分からないのよね。もしかしたら冒険者に向かないジョブかもしれないのに、本人は冒険者になりたいって何故か拘《こだわ》っているし……」

一体、どうすれば良いのだろうか。

とりあえず明日にでも本人と話をしようと思い、業務へ——ギルドのカウンターへ戻ると、

「た、タバサさーん！　うぅ……フィーネ。フィーネ……」

「フィーネちゃん!?　どうしたの!?　とりあえず、涙を拭《ふ》いて……ね？」

少しして涙を流すフィーネちゃんがやって来た。

ステラさん……仕事が早過ぎるわよ。


再び個室へ入ると、フィーネちゃんが落ち着くのを待って話を聞き……案の定、魔法を使えない事が原因で、ステラさんのパーティを追放されたと言う。

まぁ魔法の使えない魔法使いって、正直荷物持ちくらいにしかならないし、魔物との戦いは命懸けだから、フィーネちゃんを非難していたというステラさんの仲間を責める事は出来ない。

「フィーネちゃん。魔物との戦いは危ないし、一度冒険者以外のお仕事をしてみるっていうのはどうかしら」

「タバサさん！　フィーネは世界中を旅する冒険者になりたいんです！　亡くなったお父さんみたいに！」

「あー……確かギルドの情報によると、フィーネちゃんのお父さんは、行方不明になってしまったお母さんを探していたんだっけ？」

「はい。お父さんは、居なくなったお母さんを探す為に、冒険者になったと聞いています。なので、

私もお父さんの意志を継いで、冒険者になってお母さんを探すんです！」

フィーネちゃんが、目的は絶対に曲げない！　という強い意志と共に話してくれるんだけど、実力が伴っていないのよね。

普通は、こういう駆け出しの――Ｅ級の冒険者には、薬草摘みの依頼とかから始めさせ、少しずつ実力をつけてもらうんだけど、フィーネちゃんにはＡ級以上の冒険者を付けなければならないという裏ルールがある。

だけど、相応に強い魔物を狩って大金を得られるＡ級冒険者が、今さらＥ級の依頼である薬草摘みに付き合ってくれる訳がない。

とは言いながら、実はそんなフィーネに付き合ってくれそうな冒険者もアテがある……というか、むしろ大勢いる。

例えばローランドさんが良い例で……つまり、フィーネちゃんの身体《からだ》目当ての男性冒険者だ。

フィーネちゃんは十五歳になったばかりで若い上に、童顔で物凄く可愛《かわい》らしい。

腰まで伸びるピンク色の髪はサラサラだし、背が低くて小柄なのに、何故か胸が大きいのよね。

おまけに、いつも怯《おび》えたような感じで、庇護《ひご》欲を掻《か》き立て……要は、物凄く男受けするのよ。

「これだから男はっ！」

「えっ⁉　タバサさん⁉　突然、どうしたんですか⁉」

「ご、ごめんなさい。ちょっと、いろいろ考えていた事が、つい口から出ちゃって」

実際、フィーネちゃんがギルドの建物へ入って来た時、男性冒険者たちの視線が集中して……普通は、男性冒険者のアイドルと言えば、受付にいる美人な職員のお姉さんだと思うんだけど！

……こほん。それはさておき、フィーネちゃんを変なパーティに入れてしまったら、間違いなく大変な事になってしまう。

そういう理由から、フィーネちゃんは女性冒険者が中心のパーティに入ってもらいたい。

でも女性だけのパーティは、ない訳ではないけれど、数が少なく、また大抵のパーティが幼馴染《おさななじみ》同士で組んでいたりするから、フィーネちゃんを受け入れてくれそうなところが思いつかないのよね。

「あの、タバサさん。フィーネ、考えてみたんですけど、やっぱり薬草摘みとかから始めるべきですよね？」

「ま、まぁ。フィーネちゃんはE級冒険者だから、そうなんだけど……」

「ですよね！　薬草摘みで冒険者のお仕事に慣れつつ、時折弱い魔物とかを倒して、少しずつでも前に進もうと思うんです！」

フィーネちゃんが至極真っ当な事を言ってくる。

普通は、血気盛んで自信過剰な新人が、いきなり魔物退治とかを希望するのを諭して、薬草摘みとかをしてもらうのがギルド職員の仕事なのに。

「そうね。確かに薬草摘みは基本なんだけど、それでも魔物に遭遇する可能性がゼロでは無いの。

フィーネちゃんとパーティを組んでくれる人を探してみるから、もう少しだけ待ってくれないかしら」

「えっと、フィーネはあんまり金銭的な余裕が……」

「だ、大丈夫！　明日！　明日には何とか算段をつけるから……ね」

「わ、わかりました。すみませんが、よろしくお願いいたします」

とりあえず、今日のところはフィーネちゃんに引き下がってもらい、業務後に考える事にした。

◇◆◇

「ご利用、ありがとうございましたー」

ギルドに来ていた最後の冒険者パーティの手続きを済ませ、ギルドの扉を閉める。

やっと業務が終わった……って、まだ困った仕事が残っているんだけどね。

冒険者の資料からフィーネちゃんの分を探し、改めて目を通してみる。

――フィーネ・ウォーカー。当ギルドの最年少冒険者で、幼い頃《ころ》に母親が行方不明となり、父親も三年前に病死。身寄りも無く、孤児院のお世話になった後、冒険者に登録。ギルドとしては、未知のジョブであるウィッチを授かっている為、保護すると共に、その能力を調査したい――

「そうは言ってもねー……実際難しいわよ」

ギルドの資料に書かれた一文に突っ込んで居ると、

「ん？　どうしたんだ、タバサ。眉間《みけん》にシワを寄せて」

私が頭を悩ませている文を書いた本人がやって来た。

「ギルドマスター。例のフィーネちゃんから、パーティを追放されたと相談されまして」

「あー、あのウィッチの少女か。境遇を考えると、支援してやりたいんだが、未知のジョブってい
うのがな。ジョブ名からすると、魔法を使うとは思うんだが……鑑定結果はどうなっていたっけ？」

「こちらですね」

元々フィーネちゃんの資料を見ていたので、冒険者登録時に鑑定した能力の素養の情報をギルド
マスターにお見せする。

「ふむ。魔力だけ高くて、後は軒並み平均以下か。やっぱり典型的な魔法使い型なんだが……本人
は低位の魔法も使えないんだよな？」

「今日も聞いてみましたが、残念ながら」

「魔法の使い方や、杖《つえ》の使い方とかは……まぁ普通に教えているよな」

「もちろんです。フィーネちゃんを担当したのも、元冒険者のベテラン職員ですし、普通に……と
いうか、事情を知っている分、丁寧にしっかり教えていると思います」

流石《さすが》にジョブを授かった直後で、右も左も分からない素人《しろうと》のまま、依頼をさせるような無茶な事はギルドもしない。

　私のような受付などの事務処理がメインのギルド職員だけでなく、元冒険者で戦闘方法や依頼達成のコツなどを教える職員も当然いるんだけど……フィーネちゃんは同じジョブの情報が無いから、教える職員の方もかなり困っていたのよね。

「となると、あとは冒険者のパーティを組むのではなくて、護衛を付けるか？　だが、E級冒険者に護衛を付けるだなんて、それこそ前代未聞だしな」

「貴族の令嬢とかならあり得るかもしれませんが、そもそも貴族が冒険者には、余程の理由が無いとならないでしょうし」

「フィーネが実は貴族令嬢だっていう事にして……いや、貴族を騙《かた》るのはマズいか。誰かA級冒険者で、面倒見が良くて信頼出来る奴《やつ》はいないのか？」

　それが居ないから、こうして私が頭を抱えているんですけど。

　一番の候補がステラさんで、次点がソロで活動しているA級冒険者のモニカさんだったんだけど、今は魔族領へ行ってしまっているものね。

「あ！　……いえ、何でもないです」

「ん？　何だよ、タバサ。思いついた事があるなら、とりあえず言ってみろよ。そのアイディアの可否は俺が判断するからよ」

「え……えーっと、あくまで一案ですけど、アレックスさんはどうかなーって、ちょっと思っただけです」

「アレックスというと、S級冒険者でパラディンの……確か、アークウィザードのお嬢ちゃんも向こうに居たな。良いじゃないか。生活に必要な物資はこちらから送っているし、アレックスなら守る対象が一人くらい増えたところで問題ないだろう。アークウィザードのお嬢ちゃんから魔法を教わる事も出来るし、フィーネが了承するなら許可する」

「えっ⁉　良い……んですか？」

「逆にダメな理由があるのか？」

ギルドマスター。言い出したのは私ですけど、アレックスさんを巡って、エリーちゃんとモニカさんが三角関係の真っただ中に、何も知らない無垢《むく》な子羊のフィーネちゃんを放り込むんですよ⁉

いやでも、いくら既成事実が未《ま》だとは言っても、エリーちゃんが居るのに、アレックスさんがフィーネちゃんに手を出す訳ないか。

とはいえ、向こうは魔族領なので、遭遇する魔物は聖属性以外の魔法が有効ではないし、そもそも強力なので……いや、アリなのかな？

「あの、フィーネちゃんが、危機を感じて能力を開花させるとかってあり得ると思います？」

「あり得るだろ。実際、いろんなギルドでそういう事象は報告されているぞ。いわゆる、火事場の馬鹿力って奴だな」

「じゃあ、フィーネちゃんが行ってみる価値はあるんですね」

「よし。じゃあ、それで行こう。フィーネ分の食料や衣類などは追加で送るようにしてくれ」

「わかりました。明日フィーネちゃんに意向を確認し、本人が了承したら、アレックスさんに相談します」

◇
◆
◇

翌日。

ギルドの扉を開けると同時に、ピンク色の小さくて柔らかい何かが突っ込んで来た。

「タバサさーんっ！」

「この声は……フィーネちゃん⁉　お、おはよう。随分と早いわね」

「だって、フィーネ。これからどうなるか不安で、朝も食事が喉《のど》を通らなくて……」

フィーネちゃんからすれば、そうよね。

自分が冒険者としてどうなるのか、気になるわよね……って、何か手にいっぱい持っているけど、何かしら？

「フィーネちゃん。その両手に持っているのは？」

「え？　その……恥ずかしながら、朝ごはんを食べられないままギルドが開くのを待っていたら、何度かお腹《なか》が鳴っちゃいまして。そしたら、周囲の皆さんがいろんな食べ物をくださったんです」

改めて見てみると、フィーネちゃんの後ろに男性冒険者が大勢並んでいて……普段は朝からこんなに並んでないでしょ！

さては、あわよくばフィーネちゃんとお近付きになろうとでも考えているの⁉

……私と目が合いそうになると、男性陣が軒並み目を逸《そ》らしていくあたり、やっぱり下心があるみたいね。

ひとまずフィーネちゃんを隠すようにして個室へ移動すると、早速ギルドマスターと決めた話を伝えてみる。

「えっと、魔族領……ですか？」

「ええ。信頼出来るS級冒険者が二人とA級冒険者の三人で、ある任務をこなしてもらっているの。一度向こうへ行くと二か月近く戻って来られない上に、危険な場所ではあるけれど、フィーネちゃんの魔法の才能が開花する可能性は十分あると思うの」

「魔族領っていうのは良く分からないですけど、冒険者として成長出来るのであれば、行きます！行かせてください！」

「フィーネちゃんの覚悟はわかったわ。向こうのリーダーであるアレックスさんという方の了承が得られ次第、魔族領へ行くわよ」

「はい！　よろしくお願いしますっ！」

よし、後はアレックスさんにお願いするだけね。

それに、アークウィザードのエリーちゃんなら、高位の魔法も扱えるし、きっとフィーネちゃんが魔法を使えるようになる……かも！

アレックスさんに、エリーちゃん。あと、ついでにモニカさんも、フィーネちゃんの事を宜《よろ》しく頼むわねー！

あとがき

お手に取っていただいた皆様、向原行人《むこうはらいくと》と申します。

この度は、本作「壁役など不要と追放されたS級冒険者、《奴隷解放》スキルを駆使して史上最強の国造り」の第二巻をお読みいただき、ありがとうございます。

こうして二巻を出させていただく事ができ、誠に感謝しております。


さて二巻の内容ですが、まず表紙にモニカが登場しております。

何がとは言いませんが、モニカは凄《すご》く大好きなキャラでして……ええ、そうです！　メイドさんは良いですよね。

もしかしたら私は、メイドさんを雇う為《ため》に頑張って執筆活動をしているのかもしれません。

普段は家事を行いながらも、陰から主《あるじ》を見守り、何かあった時にはそっと支えてくれる……そういう巨にゅ――いえ、メイドさんに憧《あこが》れているのかもしれません。

ちなみに、このあとがきを書いている今現在、数年前から巷《ちまた》で流行《はや》っております、某ウイルスにやられておりまして……巨乳メイドさんに癒《いや》されたいという願望が出まくっておりますが、お許しください。

また本編では巨乳メイドさんだけでなく、美少女エルフに褐色ドワーフと、幼馴染《おさななじみ》にモフモフ獣人や、ロリバ……げふんげふん。大勢の女性陣に囲まれながら、本作の主人公アレックスが国造りの為に活躍しておりますので、あとがきから読まれていらっしゃる方は、ぜひとも本編をお読みいただければと思います。


以下、謝辞となります。

担当のI様。御多忙の中、本作のためにご調整に尽力いただき、ありがとうございます。今回はWeb版からの大改稿となっておりますが、数々のご助言感謝しております。

また、一巻から引き続き、素敵なイラストを描いてくださった珈琲猫先生……イラスト最高です‼

そして、本作の出版や販売に関わってくださった皆様方、本当にありがとうございます。

最後になりますが、読者の皆様。本作をお手に取っていただき、誠にありがとうございます。Web版などでいただいたコメントは全《すべ》て拝読しており、とても励みになっております。

今後も頑張って参りますので、皆様どうぞよろしくお願い致します。

お便りはこちらまで

〒102－8177
カドカワBOOKS編集部　気付
向原行人（様）宛
珈琲猫（様）宛

カドカワBOOKS

壁役《かべやく》など不要《ふよう》と追放《ついほう》されたS級冒険者《きゅうぼうけんしゃ》、《奴隷解放《どれいかいほう》》スキルを駆使《くし》して史上最強《しじょうさいきょう》の国造《くにづく》り 2

2023年２月10日　初版発行

著者／向原行人《むこうはらいくと》

発行者／山下直久

発行／株式会社KADOKAWA

〒102-8177
東京都千代田区富士見2-13-3
電話／0570-002-301（ナビダイヤル）

編集／カドカワBOOKS編集部

印刷所／暁印刷

製本所／本間製本

●お問い合わせ
https://www.kadokawa.co.jp/（「お問い合わせ」へお進みください）
※内容によっては、お答えできない場合があります。
※サポートは日本国内のみとさせていただきます。
※Japanese text only

Printed in Japan
ISBN 978-4-04-074889-4 C0093

新文芸宣言

かつて「知」と「美」は特権階級の所有物でした。

15世紀、グーテンベルクが発明した活版印刷技術は、特権階級から「知」と「美」を解放し、ルネサンスや宗教改革を導きました。市民革命や産業革命も、大衆に「知」と「美」が広まらなければ起こりえませんでした。人間は、本を読むことにより、自由と平等を獲得していったのです。

21世紀、インターネット技術により、第二の「知」と「美」の解放が起こりました。一部の選ばれた才能を持つ者だけが文章や絵、映像を発表できる時代は終わり、誰もがネット上で自己表現を出来る時代がやってきました。

UGC（ユーザージェネレイテッドコンテンツ）の波は、今世界を席巻しています。UGCから生まれた小説は、一般大衆からの批評を取り込みながら内容を充実させて行きます。受け手と送り手の情報の交換によって、UGCは量的な評価を獲得し、爆発的にその数を増やしているのです。

こうしたUGCから生まれた小説群を、私たちは「新文芸」と名付けました。

新文芸は、インターネットによる新しい「知」と「美」の形です。

2015年10月10日
井上伸一郎